刘嘉森 著

陪你走过高中三年

北方联合出版传媒（集团）股份有限公司
万卷出版有限责任公司

果麦文化 × 华版文化　出品

这是我的故事，
也是千千万万考生的故事。

我想分享的不是如何刷题，
而是如何在压力下存活。

目录

小学与初中

1 亲近文字与书籍

我出生在河北的一个小城，家乡的名字叫涿州。涿州是一座安宁平淡的城市，但我喜欢这里，喜欢这里千百年来流传的刘关张结义的故事，也喜欢这里朴实刚健的民风。我知道中华大地有许许多多这样的小城，我也知道每一座小城都是独特的，小城里的孩子们想要逃离小城，到大都市去，到远方去，但在某个月明之夜又会思念起小城，因为小城是无可替代的家乡。

在这座小城里，我经由父母的指点缓慢地提升着自己的素质。提升的方法很简单：阅读。

阅读的基础是识字，识字这一关，是父母拉着我闯过的。小时候父母拉着我走在大街小巷，看到各种招牌上的字就考我，我总是小脸憋得通红，最后认输。妈妈总会耐心地告诉我这个字念什么，把意思也讲给我听。我就会努力记下来，父母再考我的时候我就能准确地说出来，我开头所认识的几十个常用字就是这样得来的。等到认识了基本的字，父母就陪我一边看故事一边认字，大多是几十个字的小故事，没有什么深意，但是很有趣，所以我看得津津有味，慢慢也就认下很多字来，把认字数量提升到几百个。父母尽量不让我看电视，加上当年也没有智能手机，所以我接触各种电子产品都比较晚，我认为这也是一件幸运的事。现在看来，电子产品尽管给生活带来了便利，但是给教育和成长带来的更多是危害，特别是移动互联网所造成的"信息茧房"，在不知不觉中封锁住了孩子的世界观，影响非常可怕。

到了小学刚入学的时候，我已经认识了三千个汉字，市面上大部分的科普和故事类著作我都能读，每天一放学我就扑进了阅读的海洋，如饥似渴地读着关于魏蜀吴三国争霸、李自成农民起义、哥伦布发现新大陆、恐龙如何灭绝、外星人是否存在的趣味讲述。在小学一二年级，我的成绩完全不突出，甚至落入下游，但是父母没有着急，而是耐心帮助我认识更多的字，并且在文史类书籍之外，督促我读一些数学启蒙书籍，同时有规律地背一些英语单词。结果到了三年级，我的成绩就追上来了，一跃成为班级的第一名。

阅读的习惯陪伴了我许多年，小学时候阅读的根底因此而逐渐坚实、壮大。我慢慢开始接触一些相对严肃的著作，像《古罗马帝国史》《万历十五年》等，科普类的著作我也一直坚持阅读，还订阅了《儿童文学》《科学世界》《博物》《中国国家地理》《小哥白尼》《科幻世界》等优质的杂志，为自己充实知识素养。

2 心态的浮躁

在小学后半期，特别是到了五年级，我渐渐暴露出心态毛躁、读题和运算马虎的缺点。当时正好换了新老师，新老师不欣赏我的知识面广博，却十分厌恶我做事毛躁、注意力不集中。其实，注意力不集中跟我逐渐步入青春期有很大关系。在性格上我也渐渐有些冲动，有时候会顶撞老师，特别是对擅长使用压迫手段、规矩很多的老师，我反抗得尤为激烈。不管是对当时教语文的王老师，还是对教英语的张老师，我都满不在乎地与她们发生冲突，这里面既有我自己的错，也因为她们抓住小事不依不饶的劲头让我不堪忍受。

父母发现了我的问题，决定让我修炼心态。他们首先想到了阅读，于是找来大部头著作让我读。我为了读懂，只好用笔记本梳理其中的概念和人物关系，稍有差错就会乱掉，慢慢地我就改掉了多动的毛病，学会了静心完成一件事。另外，我当时特别喜欢拼乐高，父母就买高难度的乐高让我拼好再拆、拆完再拼，渐渐地我就养成了细致的习惯，因为我发现，任何细小的差错都有可能会造成全局的失败。

3 三观的养成

2009 年 9 月，我在懵懂之中进入了涿州实验中学，开启了三年的初中生涯。与如今激烈的小升初竞争不同，我和家人都没有为择校产生任何焦虑，完全服从划片招生的安排。我的运气还是不错的——涿州实验中学是涿州这个县级市里最好的中学，而我分到的班级在学校里排名第三。那时候，涿州实验中学还不叫实验中学，叫涿州四中。如今虽然改了称呼，但我总觉得四中这个名字听起来更亲切，更能唤起我对母校的感情。

我家位于城东南的长空路上。四中和我家一样都在城南，位于城西南的仁和路上，离我家不远，离姥爷家也只有几百米。把长空路与仁和路连接起来的是冠云路，所以冠云路成了我上下学的必经之路。冠云路上有个桥洞，桥上是南北向的京广线车轨，这条铁轨，将小小的涿州城划为东西两半。桥洞平日里是阴凉的，常能看到破衣烂衫的行乞者在里面露宿。每逢暴雨，桥洞就有积水，积水最深时能没过成年人的头顶。每当积水到了这样的深度，涿州市东西两侧的交通就阻绝了，有时一连几天都无法从城东到城西。

与小学不同，我对四中的记忆是很清晰的。小学对我来说更像一个偶尔逗留的地方，我的记忆主要来自家庭，是父亲和母亲带来的。但是初中却不同，我渐渐学会了严肃地对待学习，对人生去往何处有了自己的思考，所以，四中不仅是我读书考试的地方，也成为构建我人生观的地方。我很庆幸，能够在这样一所校风朴实的学校里拥有足够的思考时间，慢慢地形成自己对人生的看法。

作为一名 95 后，我成长的环境与此前的学生有很大差异，反而与 00 后、05 后更加接近，所以，我时常反思自己的经历，试图找出我们这代人在面对崭新环境时遇到的问题，总结出自己应对新环境的经验。

首先，与早于我们的中学生相比，我们成长中的"空闲"更少了。新一代家长们普遍具有焦虑意识，带动着孩子在择校、培训和刷题的道路上狂奔，孩子用于静静阅读书籍的时间变少了，跟伙伴一起玩耍、散步、聊天的时间变少了，游历祖国河山的时间变少了，日常生活主要在教室和辅导班里度过。这些很可能导致性格的发育跟不上智力的发育，对自己在世界中的位置、自己所要奋斗的方向缺乏认识，结果就是过早地接受了既定的评价体系，以"人上人"和"人下人"这种简单的等级观念来衡量复杂的人生。这种观念，到了大学就会体现为"唯绩点论"，只求保研，不问远方，比如最新的一代大学生已经出现了社交上的异化：同级生之间关系淡漠，反而学长学姐与学弟学妹之间关系紧密，因为同级生是竞争关系，而垂直方向上则是帮助与被帮助的关系；有志于保研的学生积极联系或讨好学长学姐，却与同级学生关系淡漠。与之对应，宿舍关系紧张，缺乏同龄人之间的交心，以及学业压力过大，导致患抑郁症的人数年年攀升，高校学生的心理健康问题越发严重。进入社会后，他们很多表现为拼命地追逐成功，以金钱、地位衡量人生，拒绝思考人生的更多可能性。

其次，我们这一代人接触互联网的时间远远早于过往，甚至可称为互联网原住民。我 1996 年出生，最早接触互联网是在十岁左右（当时家里有了第一台电脑），而接触以智能手机为载体的移动互联网是在成年之后，在同代人中算是非常晚的了。其他人，特别是 00 后、05 后、10 后，已经先天地接受了互联网作为世界的一部分了。

互联网改变了信息传播的方式。在前互联网时代，我们通过阅读书籍获取信息，这是一种"人找信息"的模式：我们希望了解什么，就去阅读相关的书籍。但是互联网时代大大不同，智能化的算法实现了"信息找人"，微博、抖音、小红书和 B 站这样的社交平台轮番轰炸每一个打开手机的用户，采用精巧的算法推荐你喜欢的内容。所以，对一个刚刚接触互联网的孩子来说，社交平台变成了一个神奇的知己：你相信哪件事情，它就推送相似的内容来让你更加相信这件事情；你喜欢什么事物，它就通过算法来让你更喜欢这件事物；你想要找到有相同想法的人，平台就自动把你划进对应的社群。所以，如果你有了某个偏激的想法，手机不会纠正它，而是无限地强化它，让你以为这一偏激的想法就是普遍的真理。

譬如，曾有一个十三岁的孩子对我说："我无论怎么努力都是没用的。"

我问他："为什么？"

他说："因为阶层固化了。无论我怎么努力，都不可能进入更高的阶层了，还不如躺平，静静地老去。"

社交平台告诉他阶层固化了，努力没用了，于是他记住了这个观点；这个观点在社交平台的不断强化之下变得根深蒂固，他知道一百种支持阶层固化言论的论据，却没见过任何一种反驳阶层固化的论据。阶层固化的论调为他的不努力提供了完美的借口——反正怎么努力都是没用的。

在互联网时代，有人相信地球是平的，有人相信 5G 技术能传播病毒，有人相信世界是由虚拟程序组成的……不管你的想法有多么不符合事实，互联网都不会纠正你，它只负责强化。

但我们又不可能禁止手机的使用，我们能做的，是突破算法的魔咒。我自己做得还算好，基本没有陷入偏激，在这里，我试图把自己的经验总结出来。

我首先思考：人们为什么会相信虚假的信息呢？

互联网并不是虚假信息的源头，反而是某些虚假信息的终结者。自从互联网普及以来，有些谣言已经不攻自破了，比如"心理学就是读心术""日本的马桶水可以喝"等等，大家一旦接触到正确的知识，就很容易辨别虚假的信息。但是伴随着互联网的发展，又有许多新的谬言大行其道，比如"南方的冬天比北方冷"或者"清华北大就是哈佛附中"这样的言论，都是新近出现且广为传播的，为什么呢？因为辨别这些信息的真假，需要一定的统计学知识、逻辑学常识和批判性思考能力，而社交平台更多的是在输出情绪。

我每天都刷微博、抖音、知乎，我对这些平台上的信息的辨别能力比较强，是因为优质书籍的阅读和广泛的见闻，给我的认知能力打下了坚实的底子，让我可以推断出信息的真伪。

但是，对于思考方式还没成形的未成年人来说，海量信息的堆砌会导致盲从和迷信，思维武器的缺乏会导致少男少女们只能相信那些在网络上流传更广、获赞更多的言论，并由此形成自己的世界观、人生观和价值观。

我们该怎么办呢？解决的办法有两个。

第一个就是阅读书籍，特别是有助于提升思考能力的书籍。我小学主要阅读《博物》《中国国家地理》《儿童文学》等杂志，在初中的三年时间里，又渐渐地能够阅读篇幅更长的著作，既有《基督山伯爵》《水浒传》这样的大部头小说，也有《乡土中国》《万历十五年》这样的偏学术性的论著。在阅读的过程中，我一直注重查阅相关资料，了解著作的写作背景、作者的生平，不轻信不盲从，锻炼自己质疑和探究的能力。

比如，当时阅读《儒林外史》，我读到对严监生临终的经典描述：

自此，严监生的病，一日重似一日，再不回头。诸亲六眷都来问候。五个侄子穿梭的过来陪郎中弄药。到中秋以后，医家都不下药了。把管庄的家人都从乡里叫了上来。病重得一连三天不能说话。晚间挤了一屋的人，桌上点着一盏灯。严监生喉咙里痰响得一进一出，一声不倒一声的，总不得断气，还把手从被单里拿出来，伸着两个指头。大侄子走上前来问道："二叔，你莫不是还有两个亲人不曾见面？"他就把头摇了两三摇。二侄子走上前来问道："二叔，莫不是还有两笔银子在那里，不曾吩咐明白？"他把两眼睁的溜圆，把头又狠狠摇了几摇，越发指得紧了。奶妈抱着哥子插口道："老爷想是因两位舅爷不在跟前，故此记念。"他听了这话，把眼闭着摇头。那手只是指着不动。赵氏慌忙揩揩眼泪，走近上前道："爷，别人都说的不相干，只有我晓得你的意思！你是为那灯盏里点的是两茎灯草，不放心，恐费了油。我如今挑掉一茎就是了。"说罢，忙走去挑掉一茎。众人看严监生时，点一点头，把手垂下，登时就没了气。（节选自《儒林外史》，有删改）

我看到这一段描写不禁思考：严监生真的是嫌两茎灯草太费油？还是因为严监生恰好在挑掉一茎灯草的时候死了呢？像严监生这样垂死的人，肢体动作恐怕未必能够表达真实想法。

于是我多方询问，还跟老师请教过，才知道严监生确实是嫌灯草费油。因为读书首先要联系上下文，严监生的吝啬是贯穿始终的，所以临死前的举动也是吝啬的表现；其次，《儒林外史》是小说，小说是虚构写作，严监生这个人以及他所有的举动都是作者吴敬梓设定的，自然，吴敬梓对严监生的心理活动拥有全部的解释权。

不仅如此，我还把《儒林外史》与《欧也妮·葛朗台》对照阅读，因为严监生和老葛朗台都是典型的吝啬鬼形象，对比阅读可以看出东西方作家对吝啬鬼的刻画各有千秋。我就此迷上了巴尔扎克，一口气读了巴尔扎克的许多书籍，连带着延伸到司汤达的《红与黑》和《帕尔马修道院》，这些都成了我常读的好书。

正是在不断的阅读与对照、质疑与求证中，我的思考能力得到了长足的提升，对各种信息的甄别能力不断增强。

第二个解决方法就是多走一些地方，眼见为实。有一位从小在天津长大的同事曾问我外省的治安情况，我发现他竟然认为中国大部分地方都是不安全的，甚至因此不敢申请出差。这件事充分说明，仅靠互联网提供的信息是无法真正了解一个庞大的国家的。我小时候就有旅行的习惯，成年后更是经常独自外出，走遍江南塞北，既接触过财富涌动的创投圈，也去过大山村落居住、考察。我发现，有钱人的生活没有想象中的那么奢华，拮据家庭的生活也别有一番滋味。互联网上的许多文章不过是耸人听闻，许多由地域和阶层而引起的偏见也在实地考察中消失于无形。因此，多走走多看看，是增强辨别能力、培养完整三观的重要举措。

我之所以在讲述自己中学的学习历程前，谈了许多关于人生观、世界观、价值观的事情，是因为我认为，中学阶段的人生历程其实是双线并进的，明线是学业的进步，暗线是性格的成熟。然而我们身边的许多家长往往重视前者，忽视后者，把培养高分考生作为最大的成功。很多强势的家长（被称作"虎妈狼爸"）以把孩子送进"清北"作为至高无上的荣耀，却忽略了未成年人另一种能力的发展，那就是与世界互动的能力。比如：

遇到不正义的行为应该采取何种态度？

如何正确地表达自己的善意和爱？

如何恰当地表达自己的愤怒和拒绝？

如何与伙伴相处？

如何礼貌地表达自己的观点、理性地讨论分歧？

面对情感纠葛、社会压力和个人挫折，怎样调节内心、自我治愈？

如何思考人生的归宿，获得安宁与幸福的体验？

在我们的教育中，这些问题往往莫名其妙地消失了。成功代替了成长，胜负心代替了是非观，少年不再渴望被世界温柔以待，也不再懂得温柔地对待这个世界。身为少年的我们，花费了太多时间来改变自己在这个世界中的位置，却很少停下来仔细地触摸世界本身。

4 开始懂得努力的意义

　　刚刚进入中学的时候，我恰好处在青春期叛逆阶段，情绪常常不稳定。我的青春期叛逆是从小学五年级开始的，一直到初二才结束。应对青春期叛逆的过程，就是一个重新定义自己与周遭世界关系的过程，我很庆幸，这个过程中有父母的耐心陪伴，也有朋友们的不离不弃。

　　小学五年级和六年级，我的叛逆仅仅有一个苗头，我感觉自己总有叛逆的冲动，喜欢说些不合时宜的话，做些不被允许的事，但是大多数时候我都可以控制住自己。进入初一，环境的改变导致我的叛逆迅速地发展了。我进入了一个整体上比较浮躁的班级，班里男生明显多于女生，相当一部分同学是"纨绔子弟"，家境殷实、思维活跃、拉帮结派，老师认为他们的共同特点是"很聪明但不用功"，这也导致我们226班整体上的成绩比 219 班和 221 班差了不少。

形成这样的班级结构也是有原因的。我们的班主任白老师，从年轻时起就以雷厉风行、教学严格著称，令调皮捣蛋的学生闻风丧胆。白老师在全城享有盛名，于是家长们都希望把自家的顽皮孩子送到白老师的班级里。学校也考虑到其他老师未必镇得住这群"妖魔鬼怪"，所以这批纨绔子弟就统一划分到了白老师这里。

我的父母看到我被分进这样的班级，不禁开始担忧我的学业，怕我跟他们学坏。事实也果然如父母所料，我很快就受到了他们的影响。

由于发育较早，我初一时个头就蹿到了一米七以上，因此座位被分到了倒数第二排。不幸的是，倒数两排聚集着大量的"纨绔子弟"。他们毫无组织性与纪律性，自习课聊天、下课喧闹、放学约架、上课打岔是常规操作。有一次物理课上，后两排男生手痒想去打球，竟然无视讲台上讲课的老师径直跑出去打篮球了！白老师当时因病不在学校，学校主抓德育工作的副校长在大喇叭里喊了半天，这十几位同学才慢吞吞地从操场走回教室。

更糟糕的是，他们很快跟我交上了朋友。我虽然家境一般，但是成绩在入学的时候是年级 100 名左右，在班级里是第五名上下，属于纨绔子弟们眼中的尖子生（他们都是 1000 名开外），他们看我成绩好又没有学霸的架子，所以很乐意跟我玩。他们打架我当然是不参与的，但是泡网吧、K 歌、压马路（就是在街上晃悠）、胡吃海喝这样的事情我经常参与，他们也从不让我花钱，都是豪爽地叫上我。

父母提醒过，让我不要参与，可是我正处于叛逆期，什么也听不进去。父母怕我被管得太严会性格扭曲，就更加不敢干涉。于是，我每天假托上自习，其实一放学就去鬼混，混到晚上九十点才回家，作业草草敷衍，有时候甚至直接拿同学的作业抄抄了事。

奇怪的是，我的成绩没下降。一个学期下来，靠着吃小学的老本，我的成绩依然稳稳保持在年级 100 多名、班级第五名。放荡不羁的作风加上稳如磐石的成绩，让不少同学暗暗地受了我的影响，觉得努力学习没什么意思。老师们顿时把我看作"眼中钉"，隔三岔五地找我谈话，要求我收敛一些。我却不以为意：我连父母的话都不听，又怎么会听老师的呢？

我跟老师的关系逐步地恶化了。老师们拿我没办法，毕竟我的成绩是很好的。但是，正因为我的成绩很好，我的行为举止就比后两排那些同学更加败坏班级的风气，形成错误的导向。我的想法是：我又没故意影响谁，只不过图自己开心罢了，其他人跟我学，只能怪他们不自量力，跟我又有什么关系呢？

许多年后我才明白，一个人的一举一动都会对外界造成影响，特别是能力大的人，更要注意自己的言行，否则，无意之中就会影响身边的人，甚至是远处的人。有的人能够用德行导人向善，有的人则因为褊狭鄙陋而引人堕落。我们都受到周围世界的影响，我们自身也构成世界的一部分，所以，我们有责任注意自己的举止。

成绩暂时没下降是因为老本还没吃完，到了下学期，断崖式的成绩下跌就出现了。在考试时我就发觉不对劲。第一场考地理，我有60%的填空题完全空着，剩下的40%也是勉强胡诌而已，以前仗着自己读书多随便写写就能拿个高分，如今填空题考的都是原文了，不符合原文的答案不能得分。简答题也考到了比较专业的知识，光靠科普书里看来的三脚猫知识实在扛不住。我心里隐隐觉得报应来了，强自镇定，腿却止不住地抖起来。

考英语的时候，我感觉自己实力还在，可是由于上课没听讲，语法错得太多了。考生物的时候，我发现自己该背却没背、该听却没听的太多了。就这样，七门考试考下来，我心底发凉，冷汗直冒。等着出成绩的时候，我暗自对了对答案，发现500名怕是保不住了，真是欲哭无泪。

等了一天半，总成绩出来了，我排到年级 800 多名。刺眼的名次让我如同五雷轰顶，呆立当场，久久回不过神来。教室里一如往常喧嚣着，人来人往，笑语欢声，我却对这一切热闹没有感觉了。我只觉得自己坠入了深渊里的冰窟，双腿战栗，头发根根直竖，两排后槽牙止不住地相互磕碰。完了，全完了，我变成后进生了。

我花了两个小时走到家里，路上前后徘徊，不知道怎样面对父母。我不敢说出这个可怕的消息。我仿佛已经看见父母在训斥我，看到老师们在感慨"不出所料"，看见同学们在嘲讽和嬉笑。唉，回家的路要是再长一些就好了！但是我终于站在了家门口。我敲了门，父母对我这么早回家感到奇怪，又看到我脸色不好，以为我生病了，关切地问我。我摆摆手，进了里屋，扑倒在床上。

我哭得很沉重，却没有声响。这时我才发现，我怕的不是父母的责骂、老师的惩罚、同学的轻蔑，而是自己变成一个差生的事实。初一的学生自然不知道社会的残酷，不知道学历与工作的关系，但是"学习改变命运"的信念却是早就确立的，成绩差了前途就糟糕的道理也是十分明白的，如今考试一败涂地，我怎么可能不伤悲！

我后悔了，醒悟了。我终于知道，成绩是一点一滴的苦学换来的，捷径是没有的。我自以为聪明绝顶，可以游戏人生，可以吊儿郎当地考上大学，可以轻轻松松混成个成功者。但世界是公平的，谁努力奋斗谁获得丰收，不劳而获、不学而知、不做而成的事是不存在的。我吃着老本维持好成绩，沉浸在花花世界里，乐而忘返，不知收敛，换来的是一地鸡毛，前途黯淡。

我走到客厅，菜已凉了，父母在看电视。我跟他们坦白了我的成绩，说着说着，不禁流下了痛悔的泪水。父母安慰我："没事，其实我们接到老师电话了，情况都了解。只要你把道理想清楚了，认真去学，成绩肯定不会差。"

父母陪我到学校里跟班主任白老师见面，班主任和蔼地开导我，希望我把之前浮躁浪荡的态度收一收，展现出自己真正的实力。白老师平时不苟言笑，这回难得露出了笑脸，大概是因为看到了我悔过的态度吧。

从此，我果然就改变了行径，变得刻苦好学。上课我竖起耳朵听、全力去理解，偶尔有不懂的下课也一定去问。该背该复习的，我抽出下课或者饭后的时间都做了，放学回家路上抓紧时间把单词和课文背了，回到家立刻伏案写作业，作业完成之后再吃饭。由于提前把需要理解的、需要背的都用零碎时间处理了，所以我完成作业的效率奇高，往往四十分钟到一个小时就能完成作业。

吃过晚饭一般是八点半，离睡觉时间还早。这段时间做什么呢？我发了愁。于是我挨个地去找各科老师，向他们询问对策。老师们全都惊掉了下巴：这还是原来的刘嘉森吗？竟然如此好学！老师们纷纷拉开抽屉，给我看他们平时积攒下来的卷子和试题，让我感觉像发现了新大陆。

我读初中是 2009—2012 年，书店里教辅的种类还不是很多，所以一般挑不到有挑战性的题集。老师们自己会收集一些高质量的题目，包括一些刊载例题的报刊。其实老师一直倡导同学们把作业做完之后再来多要一些题做，但是很多人避之唯恐不及。我这时候主动找题做，老师们自然是非常高兴。教政治的张老师还说："尽管做，做完找我判，我给你仔仔细细讲清楚。"

如果从旁观者的视角来看，我度过了魔鬼般的一个月，但在我自己看来，这一个月的状态是刻苦而不痛苦的。刻苦而不痛苦的状态是最好的学习状态，是最容易出成果的学习状态。我感觉每一天都过得充实，时间没有浪费，自身的价值得到了最大限度的发掘。我每天都很忙碌，但不是庸庸碌碌，而是充满活力与希望。我和老师们的关系也变得空前地好，老师们纷纷祝贺我这个"浪子"终于回头，进入脚踏实地的阶段了。我感觉自己的知识量在飞速地提升，对课本的掌握也越发纯熟，有时候我让同学抽问我课本上的知识，他们都惊讶于我竟倒背如流。

"纨绔子弟"们都不怎么理我了，我们的关系变得疏远。其实，这种疏远主要是我自己造成的，是我沉浸于学习后不再跟他们说话了。但是，在当时的我看来却是他们不理我了。我认为，他们是看到我成绩下降，觉得我没什么利用价值了，所以才不理我，顿生世态炎凉之感，也决心不理他们了。我感到孤独，甚至感到受伤，独自舔舐着心灵的伤口，告诉自己努力努力再努力，活出个精彩的样子给他们看。

一个月之后是大考，我在考试的时候没有太多感觉，只觉得题目既不简单也不难，都比较寻常，有些题目做不出来，但也能写上大体的思路。一场场地考下来，我都很沉静，考试的间隙都在复习知识。我觉得自己基本上恢复到原来的水平了，所以心里很是安宁。

成绩出来之后，我大吃一惊：成绩单上赫然写着我是班级第一、年级第七！我揉揉眼睛，不敢相信自己竟然达到了原先难以企及的水平，在一千五百余人中取得了第七名的好成绩！这怎么可能？

我从未体验过如此巨大的成就感，也从没有像这时一样，感到自己是一个货真价实的大学霸。我感到欣喜，因为这个名次是自己长时间努力换来的，同时感觉些微愧疚，因为相比起辉煌的名次，一个月的努力未免太短了点——我本想用半年或者一年的时间来进入年级前列的。

当然，这样的名次从客观来说完全合理，因为我不仅付出了超出常人的努力，同时也在无意中采用了非常先进的学习方法，那就是把所有非连贯性的脑力活动都在零碎时间完成。做题是不能抽零碎时间做的，因为做题的思路一旦被打断就要从头再来，但是背书、背单词、复习课堂知识、理解重要概念这些事情却完全可以利用零碎时间完成，腾出来的大块时间用来大量刷题、精准整理错题就最好不过了。

5 走出偏激，迈向成熟

正所谓福祸相依，成绩的优胜令我的自尊心极大地膨胀，非但没有缓解我青春期的叛逆，反而使心理进一步异化，引发了不好的结果。首先是与同学关系的恶化。之前由于成绩下降，我与"纨绔子弟"们疏远了来往，这本是因为我自己忙于学习，却被我误认为是他们看不起我的表示，如今考到年级前十，扬眉吐气，我顿时有种出了口恶气的感觉，经常说一些令人尴尬的话，于是这些富家子弟们觉得我太不会做人，纷纷与我交恶，还发生了几次肢体冲突。

我变得越发敏感，认为自己人际关系紧张是因为成绩还不够好，还没有达到年级第一，没让他们心服口服。我觉得只要考到年级第一，大家都会佩服我，都会崇拜我，都会对我友好。

我把年级第一作为自己的目标，朝着目标发起了疯狂的冲击。我学起来没日没夜，性格愈发暴躁，经常跟父母叫嚷。为了节省学习的时间，我在值日的时候潦草应付，害得同学们要帮我重新打扫，纷纷对我有怨言。重要的集体活动我完全不参与，变着法子逃避，以此挤出时间学习。在大家眼中，我变成了一个孤僻自私的怪胎。

其次是跟老师们的关系也变差了。因为我眼里只有成绩，老师交代的任务三天两头出岔子，而且见到老师也不打招呼，莽莽撞撞地就过去了。老师们感觉我变得冷漠、麻木、阴郁，对我的看法纷纷变了。不仅如此，我还经常逃避早操，躲在厕所里背东西被抓了好几次，扣了班级的量化分数，让白老师也忍不住训斥我。

我对此却浑然不觉，只是一心想考第一，以为考了第一就万事大吉，只要拿到年级第一就能解决一切问题。每次感受到外部世界的压力或者人际关系的紧张，我都会暗自念叨"还不够好，还不够好，还不够好……"，给自己施加更大的压力。外界的变化我置若罔闻，他人的反感我视而不见。

事与愿违，我越给自己加压，状态反而越跑偏，成绩在一二十名徘徊，距离第一名仍有差距。然而功夫不负有心人，我想考第一的愿望太迫切了，以致"灵光闪现"，意识到自己的问题出在哪了：我的英语成绩遇到瓶颈，被锁住了。英语的瓶颈是由于课内学得太浅，我需要报辅导班。

我托父母竭力搜寻，最后果然找到了一位厉害的老师。这位老师名叫李宝胜，年轻时是高三冲刺期的英语教练员，教学成绩斐然，如今光荣退休了却闲不住，自己开班授徒，给小学和初中的学生讲授英文。李老师所收的学费低得令人惊讶，而且每年总要带学生们踏青两次，游玩的费用自己承担，等于是把微薄的学费又还给了学生。这不禁让我想起孔子的"束脩之礼"，孔子收徒只要几条腊肉，李老师收徒也一样不求获利，而是尽可能地多传授一些知识。

李老师自己选定教材，有一套独特的教学方法。他注重词义辨析、语感培养，讲究硬功夫。别的不说，每周一、三、五都有"电话回课"，学生要在电话里把李老师布置的英文篇目一词不差地背诵给他听，李老师听完之后会仔细纠正发音。我后来听过很多英、美、澳、加留学生的发音，才知道李老师的口音是极为标准的英式英语，清浊音、元辅音的对比度和分离度都很高，简直像是 BBC 的主播。

我本就一心向学，又遇到这样的良师，可谓如鱼得水。李老师布置的篇目我都用心背诵，掌握纯熟，流利得往往一分半钟就能背完整篇。李老师也倾囊相授，有时候课程结束了还要留我下来多讲一个小时比较深的内容。从那时起，我有了英语课外阅读的习惯，从《英语角》到《新概念英语》，从《书虫》到《经济学人》，我把英语阅读的习惯保持了下来。今天，我已经能够流畅地阅读《了不起的盖茨比》《太阳照常升起》这类英文原著了。

用功如此，成绩不可能不提升，我的英语分数从 100 出头达到了 117 分（满分 120 分）。

在英语成绩提升的同时，我还养成了午休的习惯。学校离家远，很难回家午休，所以我之前中午都是在桌子上随便趴一会儿勉强恢复精神，下午学习状态不够好。我很快想到了一个妙招：中午回姥爷家吃饭，顺便午休。从姥爷家步行到学校不过五分钟，而且姥爷退休闲居，也完全有时间做饭。于是我渐渐养成了习惯，中午吃完饭就躺上床打个二十分钟的盹，所以下午总是很有精神，学习起来劲头十足。

在初二中期的一次大型考试中，我被安排在第一考场。第一考场就是年级的第一名到第 45 名，第二考场是第 46 名到第 90 名，以此类推。首场考试是政治，政治这一科比较看重课本基础，我早就掌握纯熟，答起题来势如破竹。距离考试结束还有四十分钟的时候，我已经把所有的题目答完了。我没想到这么快，前后左右望了望，发现大家都在奋笔疾书，我有点慌：莫非是卷子少发给我了？连忙举手询问老师，老师看了看卷子说："就这一张，你既然答完了，认真检查就好。"可还有什么好检查的呢? 课本每一页的知识我都倒背如流, 说一句就能背出一整篇。考试考到的基本是原文, 我又岂能出错!

其他科目我也是得心应手。值得一提的是, 我对物理的掌握也很出色, 这成为我提分的一个重要支撑。初中物理概念不难, 但是计算题略有难度, 我每天都在作业之外向物理老师要来很多的计算题做, 意在熟能生巧。这次考试中我的物理水准也爆发出来, 还没交卷我就已经把所有答案验算三遍了, 获得满分十拿九稳。

英语更不用说, 除了作文拿不准外, 其他都无问题, 感觉分数能够在 115 到 119 之间。

八场考试结束, 尘埃落定。我回到教室, 低头默默整理卷子, 等待分数出来。老师们都去判卷了, 没人来讲课, 学校于是安排了三节艺体连排, 三节课分别是音乐、美术、体育, 都是学生们喜欢的课。音乐老师来上课的时候也喜气洋洋, 觉得自己一个月来在办公室嗑瓜子喝茶聊天的闲日子终于过去了, 所以精心准备了讲义, 还自己编排了一段舞蹈准备表演给同学们看。同学们都兴奋异常, 以震天的欢呼迎接音乐老师的到来。可是讲着讲着, 音乐老师发现了一个不和谐音: 刘嘉森同学竟然在埋头做题。

音乐老师高昂的情绪戛然而止, 脸色阴沉得像暴雨前的黑云。同学们不知道这是怎么回事，被吓得不知所措，顺着音乐老师的目光找过来，才发现我竟堂而皇之地在桌子上摆着练习册，旁若无人地刷着题。

教室里寂静了，气氛像冰块一样凝结着。音乐老师恶狠狠地盯着我，同学们用看疯子的眼神看着我，我却没有发觉这些变化，沉浸在一道难解的题目里冥思苦想。

同桌轻轻地咳嗽一声，还捅了捅我，想要提醒我。我疑惑地看了他一眼，依然没察觉到形势的险恶。音乐老师的怒气终于爆发了："刘嘉森！你为什么在做题？！"

我为什么在做题？我本没有必要在这一月一度的音乐课上做题，我本可以不必败坏音乐老师和全班同学的兴致，我本可以在这难得愉悦的时候跟着大家一起拍手歌唱，放松身心。努力不急于这一时，提升成绩不急于这一个下午，我没有必要在不该做题的时候做题，可是我在做题——我为什么在做题？

我想不明白，嗫嚅着，没能吐出一个清晰的字眼。音乐老师没耐心等下去了，大踏步走到我跟前，拿起我的卷子和笔塞到我手里对我说："滚出去。"

我木讷地站了起来，拿着卷子和笔缓缓走出，听到教室里又响起了欢声笑语。热闹是他们的，与我无关。我徘徊两圈，最后走进了物理老师的办公室。物理老师是老师当中为数不多对我没有恶感的，他看到我一脸惊惶地进来，对我说："又闯祸啦？在这待着吧。"我就坐下来继续做题。

很快，我再次陷入了魔怔一般的状态，对着题目思考得入神，对外界的讯息完全不管不顾。不知不觉中，音乐课下课了，美术课上课了，我却没有回去。我不知道自己为什么没回去，我其实听到了铃声，感觉到了人声杂沓，知道自己应该回去上美术了。但我鬼使神差地选择了旷课，继续做题、做题、做题。我似乎陷入了西西弗斯的困境——不辞辛劳地推着石头上山，石头旋即从山顶上滚落，于是又推着石头上山，周而复始，大汗淋漓，但自己也不知道这样做是为了什么。

美术课进行到一半的时候，办公室的门被推开，我的同桌焦急地对我说："嘉森，回去吧，白老师在找你！"

我惊慌失措，问他："发生什么事？"

他说："还不清楚，美术老师讲着讲着，白老师突然走进来要求暂停，询问你去哪了，我们都不知道，白老师就让我来找！看他表情很严肃。"

我长叹一声："这回栽了，估计至少是要请家长。"

回到教室一看，班主任白老师肃穆地站立着，美术老师困惑地立在一旁，全班同学鸦雀无声。我回到座位上刚刚坐下，就听到白老师威严的声音："刘嘉森，到讲台上来。"

我心凉了。白老师做事缜密，学生有过错一般不当众批评，因为当众作出的惩罚决定是无法更改的。但凡当众宣布"罪状"，必定是极为严重的错误，惩罚往往是开除。我不禁怀疑：旷课而已，有这么严重吗？之前被当众开除的同学是因为勾结社会人员打架斗殴，我的错误应该比他们轻很多才对。

我惊疑地走到讲台上，面向白老师，白老师也面对着我，脸上看不出情绪。我就这样度过了初中三年里最漫长的五秒钟，世界极度静寂，我几乎听到了时间沙漏里的沙子簌簌落下的声音。然后，我看到了魔幻的一幕——

白老师向我鞠了一躬。

我瞪大了眼睛，以为自己看错了。然而确确实实是白老师向我鞠躬了，一个标标准准的鞠躬礼，在我的脑海里留下了难以磨灭的印象。同学们也在这一刹那屏住了呼吸，不知道发生了什么。

白老师直起身，握住了我的手说："嘉森同学，感谢你为226班作出的巨大贡献……"我似乎理解了白老师的意思，焦急地问："多少名？"白老师一字一顿地说："年级第一！"

班级沸腾了，大家疯狂地鼓掌，庆祝自己班里首次考出了年级第一。之前226班连年级前五名都没有出现过，一直被219班压着打，如今有了年级第一，当然算得上是扬眉吐气了。我更是兴奋得发晕，感觉自己经历了人生的大起大落，本以为是要被开除了，结果却是天降惊喜，梦寐以求的第一名就这样被自己拿到了手。多少个日夜孜孜不倦的苦熬，为我带来了这顶桂冠。

我晃晃悠悠地回到座位上坐下，浑身带着舒畅的感觉。美术课继续进行，美术老师讲解着素描的基本知识，我没能听进去。我盼望着快点下课，好迎接同学们山呼海啸般的喝彩，接受大家的祝贺。

终于下课了，我等待着，可是没有，什么都没有。同学们在下课的一瞬间哄然而散，谈笑着，打闹着，奔跑着，没有人到我身边来。广播大喇叭响起紧急集合的号令："体育课取消，全体同学立即到操场集合，参加消防演习！"同学们一阵骚动，叽叽喳喳地议论起消防演习来。我悲哀地发现，自己获得年级第一的消息仅仅在同学们脑海中停留了一小会儿。他们的脑海很快又被形形色色的其他事情给占据了。

同学们纷纷走到操场上，先看着消防官兵们演示防火服的穿脱，然后实际操作灭火器扑灭火焰。这些新奇的体验令大家啧啧称奇，有些女生羞红了脸蛋争论着消防队里哪一位最帅。我木然地来回走着，机械地拿起灭火器喷着，一边熟习灭火器的操作，一边心不在焉地听着同学们说话和叫嚷。我发现，年级第一的荣光没有改变什么，没有人因此而喜欢我，没有人因此而对我友善，我依然如此孤独。地球照样在转，轰然滚动的世界之轮没有因为我拿年级第一而发生任何偏斜。

我失魂落魄地回到家，父母对我考第一感到由衷高兴，我却开心不起来。我回到房间里做题，却感觉怎么也提不起劲头来。之前特别想做题，谁都拦不住我，这会儿怎么做不下去了呢？

我忽然明白，之前的学习动力都是来自一种莫名其妙的幻想，都是来自对世界的偏激认知。我以为学习好就能获得一切，就能缓解紧张的人际关系，就能拥有幸福的生活，所以我为了学习而忽略了其他所有，换来的却只有一份孤独的荣耀。如今梦醒了，只有一地鸡毛。

我开始变得颓靡。我想要维持住自己的好成绩，但是动力渐渐地不足了。我不甘心成绩下降，于是点灯熬油，夜以继日，每天晚上都熬夜学习。熬夜学习的效率是很低的，会导致精神萎靡，上课犯困。我经常在早读时睡着，上课也变成了"磕头虫"，有时候流着哈喇子打盹，让老师气到跺脚。

给李老师的电话回课，我的质量也变低了。有时候一篇英文磕磕绊绊五六分钟还没背完，李老师就关切地问："嘉森病了？"我不知道怎么回答。我逼自己早些睡觉，可是呆呆地望着作业就是没劲去写，等到该睡觉的时候又不甘心就学了这么点东西，只好熬下去，一开始只熬到十二点，后来渐渐熬到凌晨一点。缺乏睡眠导致我情绪暴躁，食欲不振，精神不集中，眼球布满了血丝。我的成绩下降了，但总体还是比较好的，排在年级 30 名左右。我痛苦地维持着这个成绩，感觉今天与昨天一样，明天与今天一样，镜子里的自己脸色蜡黄，浑然不觉镜子里的人是自己。

无法停止熬夜，是因为无法停止怀疑。我怀疑世界在跟我作对，故意作弄我，将我所有的成就抹杀了。我明明努力了，明明考得很好了，可生活中还是处处不如意。如果成绩不是一切，那我努力的意义在哪里？

我就这样熬了小半年，变得消瘦、羸弱、神经质，充满了愤世嫉俗的情绪。姥爷发现了我的变化，但是没有问我什么，只是默默地观察着。后来我跟姥爷说出了我的苦恼，姥爷没有正面给出建议，而是闪动着他沧桑的眼眸，给我说起他一生中精彩的故事，说起他怎样在十几岁的年纪便经过训练成为优秀的士兵，怎样在对越自卫反击战中出生入死，怎样拒绝了升职的调任而回家务农，后来又怎样自学了医学知识在兽医站任职的平淡却幸福的生活。七十多岁高龄时，姥爷患了肿瘤，但是疾病没能征服姥爷的意志，姥爷挺过了手术和化疗，恢复得很好。我问他当初没继续当军官后不后悔，如果当时继续干下去现在很可能是将军了，姥爷淡淡地说："活着就不能太满，满了就溢出去了。所以别想太多，该干啥干啥，钻牛角尖了反而啥都得不到。"

我的心里亮起了一束光。是啊，追求得太急切了，心态就满，满了就会目空一切，觉得只有成绩重要，觉得集体活动不重要，觉得别人的感受不重要，觉得天底下只有自己的事情不顺利，觉得周遭世界在有意地针对自己。

　　我恍然大悟，就此一步步走出了青春期的迷茫与叛逆。孩子在叛逆期的症状大多都跟父母有关，我父母性格都比较急切，好胜心强，焦虑意识很重，而且都高度重视文化知识，忽视待人接物，所以我在青春期表现出了玩命学习、不问世事的弊病。虽然父母试图纠正我，但是由于青春期的叛逆，我根本听不进去父母的劝解。最后还是在姥爷的帮助下，我终于走出了这段危险的时期，恢复了平和的心态。

　　在初二升初三的暑假里，我买来了很多关于心灵和成长的书籍，沉静下来仔细阅读。读着读着，我发现了自己的问题：平时伟人传记读多了，心里实在是太急躁，总想着自己要干一番大事，成就千秋的功名，甚至死后都被别人记住。但是此时我的心境改变了，我买来了很多失败者和小人物的传记，特别是陈寅恪先生的《柳如是别传》，看看陈先生是怎么给一个在时代之中辗转流离又零落成尘的小人物作传的，我才知道平凡的一生也有值得珍视的价值。哪怕路边的随便一个人，哪怕野地里的随便一棵草，也有从生到死的过程，也有独特的遭际。我们有权利追求伟大，但是没权利鄙视平凡，我们眼中不能只有王侯将相、名流巨贾、才子佳人，而是要踏踏实实地活好自己这一段精彩绚烂或者平实质朴的人生。

所以从初三开学之后我的态度就改变了，我对人变得友善，我对学习之外的事情变得十分耐心，我对自己应该履行的义务都是竭力去履行，尽可能考虑到周围人的感受。于是我发现自己跟身边人的摩擦少了，心灵上的不安也减少了，学习起来不仅有干劲，而且更专注，所以花的时间虽然少了，但学进去的知识反而更多了。我的世界里终于春暖花开。

我每天的生活规律到极致，晚上十一点睡觉，早晨六点半起床，中午到姥爷家吃午餐，下午会带一小瓶糖果到学校，在大课间吃两粒，以免因为先天的轻度低血糖而发晕。晚上做完所有的题目之后，我会听着成龙的《壮志在我胸》或者林子祥的《男儿当自强》给自己鼓劲，缓解一天的疲惫，然后带着满足感进入梦乡。

在初三的上半学期，我创造了一个小奇迹，四次考试分别考了年级第四、第二、第三和第一，达成了前所未有的连续高排名，令人刮目相看。与此同时，由于我在各方面与人为善，主动为集体着想，我还获得大家一致好评，荣获了学校的"感动实验中学十大学子"称号。

我自豪地感到自己确实克服了青春期的性格缺陷，不仅成为一个优秀的人，而且成为一个各方面都更好的人。我认为一个人如果存在性格缺陷，那么这个人越优秀反而越不容于社会，甚至可能会引发灾难，也累及自身。春秋时期有这样一个故事：

　　初，智宣子将以瑶为后。智果曰："不如宵也。瑶之贤于人者五，其不逮者一也。美鬓长大则贤，射御足力则贤，伎艺毕给则贤，巧文辩慧则贤，强毅果敢则贤，如是而甚不仁。夫以其五贤陵人，而以不仁行之，其谁能待之？若果立瑶也，智宗必灭。"

　　这个故事里，智果不同意将智瑶立为继承人，就是因为智瑶有五种优秀过人的天赋才能，但是并不宽容仁厚，如果智瑶以五种优秀才能凌驾于众人之上，却又性格偏激狭隘，大家就会心怀怨恨，最终整个智氏宗族都会覆灭。智宣子没有听从智果的告诫，最后的结局真如智果所料，智氏宗族很快就因为三家分晋而被灭族了。

　　这个故事很有教育意义，告诉我们性格的重要性。能力的优秀是不足以填补性格之缺陷的，反而会让缺陷更加突出，造成更加严重的后果。如果存在性格的缺陷，就要直面这些缺陷，学会自我调整、自我改变。

6 向衡中出发

2012年春节过后传来了消息：衡水中学要来招生了。虽然不是确切消息，但我们全家依然为此兴奋。父母鼓励我："一定要稳住心态再接再厉，争取进入衡中，大家都说进入衡中就等于一只脚迈进清华北大了。"

我幻想的羽翼扑腾了两下，在蓝天里振翅翱翔了。衡水中学是什么样子的？衡水中学真的很厉害吗？衡水中学真的很可怕吗？他们都说衡水中学是高考工厂，难道衡水中学真的像电视里的工厂车间，大家穿着蓝色的工服在紧张地劳作？我不知道自己会不会进入衡水中学，也不知道自己进入衡水中学能不能适应。他们都说衡水中学很难适应，每年都有去了衡水中学读书却退学回来的优等生。

有时候我又想：不就是一所高中吗？高中跟初中一样都是

学校，既然都是学校，又能有什么差别呢! 无非是老师们在教学楼里给学生们讲课罢了，是课间的谈笑、课上的传纸条罢了。有欢笑，有打闹，有青春的懵懂，有情愫的萌动，这就是中学时光呀。

可是谁都知道，衡中是河北省成绩最好的高中，没有其他任何一所高中可以与衡中相比。大家都相信，进了衡中，差学生也会变成好学生，好学生会变成更好的学生。这些美妙的传言飘过了华北平原上齐整的农田和笔直的田垄，顺着京广铁路线一直飘到了两百公里外我家乡的小城，让学生们心生向往，让家长们争先恐后。每年在衡中坚持不下来而退回原籍上学的学生更是为衡中增添了无穷的神秘感，因为大家不知道究竟是这些没能坚持下来的学生心理太脆弱，还是衡中的管理模式的确令人发指?

不管怎么说，家长们终于行动起来了，四处打探着消息。气氛变得紧张起来，除了衡中，许多其他学校也变成了争夺的对象。优等生们心中的圣地当然是衡中，其次是衡水二中或者石家庄二中，再次是衡水十三中、定州中学、定兴中学，连这些也去不了的，当然就要去附近的保定、徐水。为什么不留在本地上学? 因为在很多人心目中，本地中学实在是太差了，以至于成绩很差的学生也拼命想着出去上学。

这可能是涿州与其他地方最不同的现象了，其他地方的孩子如果不能选拔到省级的好中学，就留在本地上学，然而涿州孩子却是无论如何必须走出去的，这大概与涿州家长们望子成龙心切有关，但其实本地中学也没有这么差。比如我的发小刘子豪就坚定地留在涿州一中上学，经过三年的踏实学习达到了600分以上，考入了位列211名录的河北工业大学，后来还到北京理工大学读研。他在涿州一中不仅学到了知识，也锻炼出了学生工作的能力，到了大学在学生会里工作得非常出色。所以，个人发展主要看家庭的教育和自身的奋斗，不能全靠外在的环境。

但是对全市排名前列的同学来说，进入衡中就是非常重要的事情了，因为衡中不仅有严格的管理，还有了不起的教学研究能力，对于优等生综合能力的拔高大有裨益。我下定决心，一定要拼进衡中。我拼进衡中的方式就是努力学习：还有什么比努力学习更能提高进入衡中的概率呢？

我的父母却多留了个心眼，四处留心着消息。他们经历过社会的险恶，也知道有些机会稍纵即逝。到了初三下半学期的某一天，我刚回到家就发现父母在紧张地收拾行装。一见到我，父母就焦急地说："快收拾一下，咱们要去见衡中的招生组老师，有话路上说！"

我们在夜色中一路疾驰。路上我才得知，衡中招生组的老师在昨天晚上就已经来到了涿州，但是消息被年级里最好的班级——219班——给心照不宣地封锁了。由于年级里大部分尖子生出自219班，唯有我是例外，所以衡中的孙广文老师一直联系不到我，我自然也不知道孙老师一行已经到涿州了。白天孙老师已经连着面试了219班十多位同学，但是询问我的消息时却总被告知联系不上。

如果我的父母敏感性不够，可能直到孙老师离开我们都不知道他来过。但是幸亏父母听闻高速公路口附近的阳光大酒店有一辆衡水牌照的轿车载着一行人下榻，神经立刻高度紧张，照着线索摸过去，可谓在千钧一发之际得到了确切的消息，与衡中招生组老师取得了联系。

开了十五分钟，到达了阳光大酒店门口，我看到夜色中一个高大的身影，这就是衡中负责招生的孙广文老师。孙老师身体健壮，面容严肃，讲话时声线很硬："终于找到你了，嘉森，我正准备走，房间已经退掉了，咱们就在车上面试吧。"

来了，就这样来了，决定命运的时刻。我曾以为我会通过一场准备充足的考试得到好成绩，然后安然等待衡中的录取通知书发来我的家里，就像是人们无数次描述过的那样。我曾以为衡中这样的学校一定会把成绩看得比天还大，比山还重，一定是通过中考成绩决出雌雄，但是我猜错。

我需要通过一场面试来决定自己能否进入衡中，而我为这次面试所做的准备，不过是在车上花十五分钟了解了基本情况而已，我没来得及换上正式的服装，没有查过资料，没有卸掉白天学习的疲累，而是匆匆忙忙地赶到这里接受衡中招生组老师的面试——我能成功吗？

无暇多想了，我跟孙老师握了握手，坐进了轿车的副驾驶席。我察觉到一丝异样，觉得这辆车的内饰与普通车辆有些不同，而且孙老师还特意动了动车内的几个部位。我后来才知道，车内装有音频和视频设备，所有资料都会上传到衡中本部，由校级领导亲自审阅，而我的视频资料正是由时任衡中校长的张文茂先生审阅的。

孙老师首先开口问："初三上半年学期考试成绩，你非常稳定，可是临近结尾你落到了年级第八名，是不是状态有下滑？"

我对答如流："初三下半学期除了大考，还有月考，我们的月考与大考采用同等级别的考卷，同样能够反映学习水准，如果把月考成绩计算在内，我的名次会更加稳定，在年级第八名之后我再次考到了年级第四名。"

孙老师赞许地点点头，对我的心理素质表示肯定，然后又问："中考之中你认为谁会取胜？"

我估计很多人会把这个问题理解为"有没有必胜的信心"

这样的问题，然后表达一通自己的决心，说自己一定会夺取胜利等等，但是孙老师此时想要的是一个确切的答案，也就是说，考察学生能否客观地看待成绩，能否认知自己与他人的差距并且正视差距。为什么要正视差距？因为衡中强手如云，小县城学霸所熟悉的那种稳坐头把交椅的感觉是不存在的，大家都是争先恐后，即使是顶级学霸也会在不经意间跌入谷底，所以能正视差距其实是性格中有一种韧性，愿意承认自己水平不够，然后加倍努力赶超。219班有好几位成绩很好的同学都被这个问题给刷掉了，他们表现出一种"我就要考第一，不当第一我宁可不活了"的偏执，衡中怎么敢给出录取名额呢？能够挺过地狱般的高中三年的人，一定像橡皮筋一样充满弹性，而不是像玻璃杯一样一敲就碎。

我敏锐地看出了问题的深意，谨慎地考虑着应该如何回答。孙老师也很有耐心，似乎不准备要我马上作答，悠闲地跷起了腿。我终于开口了："我认为最有可能拿第一的是王瑀璠。"

孙老师挑了挑眉毛："哦？为什么？"

在我们之前的历次考试之中，考第一次数最多的就是王瑀璠，进入初三之后王瑀璠莫名坠入低谷期，成绩连续下滑至20名开外。这时候，不看好她的居多。但是我说："中考不是只考初三的知识，而是三年一盘棋，基础扎实绝对是优势。王瑀璠算是老牌学霸，拼了两年多，有些状态波动实属正常，不代表她就比不上后来者。距离中考还有半年，我觉得最有可能获胜的依然是她，而且温静怡、李卓凡这样的老牌学霸也都会位列前五。"

孙广文老师愣了一下，发出爽朗的笑声："有趣有趣，我本来都把他们几个掉出前二十的给划掉了，听你这么一说，我觉得有必要重新考虑。不过——你不想考第一吗？"

又是个陷阱，我想。我深吸一口气，说道："确实想要考第一的，但是第一人人想当，名额只有一个，所以我全力以赴即可，失败了也不会后悔，毕竟谋事在人成事在天。第一虽然好，也不能把命搭进去呀。"

孙老师哈哈大笑，笑声回荡在小小的车内空间。看样子我是过关了，成功地让孙老师知道我是个心态平稳、后劲充足的好选手，而不是埋头死学、心理脆弱的伪学霸。

就在这时，车窗玻璃被猛敲了几下，我吓了一跳，孙老师则瞬间暴怒，打开车门训斥了那人一通。我一看，外面竟是我的一位同班同学，刚才敲车窗的男子应该就是他的父亲了。我不禁皱了皱眉：别人的面试还没结束，却敲车窗直接打断，太不礼貌。成绩暂且不论，光是印象分都要被扣没了。而且这位同学的成绩只有年级 100 名左右，跟衡中的要求差得远，这样强求有何意义呢? 孙老师刚刚回到车里坐下, 那人又立刻从车窗的缝隙里传进声音来, 要求孙老师给个面试的机会。这下不光是孙老师, 我也生气了——为自己争取机会无可非议, 但为什么要干扰别人的面试? 我似乎又想通了: 衡中在涿州的总录取名额是十人, 少一个就能补一个, 他们打的好算盘啊!

孙老师深呼吸两下控制住了自己, 对我说:"他们这个行为很不好, 明显有干扰的意图, 今天咱们的面试只好到此为止。我们有规定必须接待年级前 100 名的面试请求, 所以他们既然要求了, 我还是要给他们面试的, 不过你放心, 咱们录取只看实力, 旁门左道没用的。"

我打开车门, 跟父母一同离开, 看到车内已经开始了那位同学的面试。突然传来一声呵斥, 原来是他的父母坐进了车的后座, 违反了面试规定, 孙老师让他们赶紧出去。那位同学则是从头到尾一副不知所措、不情愿的样子。我突然觉得可怜天下父母心, 在严酷的竞争面前大家都丧失了体面, 只有赤裸裸的算计。竞争随着时间的前进变得越来越惨烈, 每一代人的升学竞争都面临更多的规则, 占用更多的精力。教育正在变成漫无尽头的赛道。

我在一种茫茫然的期待与忐忑中度过了一个月的时光, 在撕裂感中生活着。在内心深处, 我不喜欢激烈的竞争, 不愿意与朝夕相处的同学去竞争有限的名额，不想被焦虑感主宰人生的日日夜夜。但是我又害怕失去机会，害怕自己因为错失机会而在漫长岁月之后蹉跎懊悔，所以纵然不愿蝇营狗苟，但是真正面对机会时，我依然是个卑微的追逐者。我不希望自己变成一个削尖脑袋挤进衡水中学然后又削尖脑袋考进清华北大的人，但是我无法承担没进入衡水中学的损失。有时候我觉得如果衡中不存在就好了，因为如果衡中不存在，全省各个中学都会比较平均，我可以悠然地留在本地上学。可是因为有衡中的存在，如果我不去衡中，我不仅得不到衡中的培养，而且衡中还会培养我的竞争对手，我要承担的就是双倍的压力。我感觉到，纵然自己的本性与环境格格不入，也不得不随波逐流，我们都被时代的焦虑感裹挟了。

7 靠预习打赢初高中知识衔接战

最终，我收到了衡中的录取通知书，录取通知书上列明了需要提前预习的内容，各科都有。衡中通过这份录取通知书向我传达了一个重要的信息：高中的知识与初中不同，属于完全不同的体系，需要提前预习，尽早适应。

我初中最感兴趣、下功夫最多的科目是物理，所以我从物理开始预习。一上手，我就发现高中物理确实不同，研究的都是比日常经验更高一层的理论。初中物理虽说也有难度，但是大体上都能借鉴生活的经验，不管是光学还是电学，从生活中的水、镜子、电路里就能理解得七七八八，多做一些题目就能达到熟练。

但是高中的物理不是同一个路子了，比如上手就要理解加速度这个概念。加速度距离生活已经比较远了，日常生活中对速度的体会多一些，但对于加速度的体会很少，如果想理解"加速度是形容速度的变化"这个概念，就需要脱离日常经验的束缚，用纯粹的理性去理解。

一开始，我依然努力调动自己的生活经验来理解加速度，比如坐车的时候一提速就感觉到身体在往座椅上靠，仿佛座椅在推动自己的后背，减速的时候就反过来，感觉身体向前俯，这就是加速度带来的感受。而当车子顺畅地行驶在高速公路上的时候，尽管速度高达每小时一百三四十公里，但身体十分稳定，这就是因为我和车子的相对速度保持一致。通过这样的思考，我对加速度有了直观的认识。

但是这样的方法依然是初中式的，无法用来理解电磁这样的抽象知识。并且随着我把目光投向化学，我发现高中化学更加远离生活现象，尽管这些知识最终能够与日常生活构成联系，但是在做题的时候，溶液的颜色才是最重要的。知识记忆和逻辑推断决定了分数的高低，想学得好就必须放弃与日常经验的联系，在脑海中构建纯粹抽象的知识体系，然后通过大量刷题来巩固这个知识体系。

数学也变化很大，但不是风格的变化，而是难度的变化。集合与不等式、算法、概率都很简单，作为初中生也可以轻松学会，但是三角函数、圆锥曲线、导数就不是随随便便能学懂的知识，而是比初中整整高了一个层级，如果想学会必须要经过思维的飞跃。

与初中保持风格一致、难度近似的科目是生物和政治。我初中就觉得生物得心应手，以背诵为主、逻辑推断为辅，学得很扎实。高中的生物课本让我感觉到非常亲切，关于知识点的叙述明白如话，仿佛一幅缓缓展开的画卷，里面蕴藏着无穷无尽的奥秘。当然，这很可能是由我对生物学科的浓厚兴趣所致，同学们未必对生物有深厚感情。我对生物的喜爱和我对化学的厌恶可以说是同等强烈，这也极大地影响到了我文理分科的选择。

高中的化学知识脱离了初中化学考简单方程式和化学现象的藩篱，开始增加大量的逻辑推断题和计算题，说不上为什么，我对高中的化学知识一直都提不起兴趣，简直是"八字不合"。我的父亲也非常讨厌化学，所以很有可能是他影响了我。总之一直到文理分科为止，我都没能喜欢上化学，反倒是进入大学之后我读到了《从一到无穷大》这本书，才知道化学与其他学科之间密不可分的联系，也因此对化学产生了学习的兴趣，不过此时的兴趣也仅限于阅读一些科普书籍了。人的命运是一个很玄妙的东西，假如我初中就读到了《从一到无穷大》，可能就不会排斥化学，也可能选择理科并从事科学研究，走上完全不同的人生道路。

政治这一科我没有预习，因为大略看过高考题之后我就知道高中政治的答题套路跟初中非常类似，都是读材料联系课本原文，灵活运用课本理论来答题，没有太多的新意。不过高中政治课本的结构我还是稍微留意了一下，发现在高中的《经济生活》《政治生活》《文化生活》《哲学生活》四大板块中，《经济生活》是最难的，既有很多计算的题型，又有特别需要精深理解的部分。后来的学习过程如我所料，《经济生活》我们讲了三遍，其他三个板块只讲一遍，而且即便如此，《经济生活》依然是高考中失分率最高的部分。如果时光能够倒流，我会对初三的自己说："看看曼昆的《经济学原理》吧，以后学起政治来会轻松很多。"人生没有如果，所幸我费力学习之后把政治学得很不错，成了自己的优势学科，后来也读了许多经济学方面的书籍，弥补了自己知识结构的不足。

经历了新教材改革之后，政治的课本分成了《中国特色社会主义》《经济与社会》《政治与法治》《哲学与文化》四个部分，尽管划分不同，但是在知识的理解以及题目的作答方面变动不大，理论联系材料依然是答题的既定规律。

在数理化生四科的预习中，我比较准确地把握住了初高中知识的差别，意识到高中知识的立体性，所以比较有侧重。数学我重点关注函数知识和方程知识，物理和化学我主要关注基本公式，生物预习比较少。预习数学的时候我还重点关注查找科普资料，比如三角函数部分，我上网找到了很多篇相关的科普文章，其中最有趣的一篇讲到了三角函数的基本原理和实际应用，讲述了一位叫作伊能忠敬的科学家在没有现代科学辅助的条件下用三角函数测绘出具有极高精确度的日本地图的故事，令我印象深刻，而在阅读这篇资料的过程中，我也对三角函数有了更深的理解，为我高中学习三角函数打下了扎实的基础。我就是通过广泛查阅资料并且借助科普文章而理解了高中需要学习的大部分知识，我认为在时间充裕的情况下，这是一种最佳的预习方式。

学习数学的时候我发现了一本好书，就是民国大师刘薰宇所著的《数学的园地》，这本书通过对"无限小"的解释，把高中数学最难的知识——导数（诱导函数）给讲清楚了，还引申到了微积分的知识。刘薰宇不愧是教育家，写起东西来没有学究气，反而不断地举出生活中的例子来帮助理解。比如他讲函数，就举了一个经典笑话做例子：

做丈夫的升了官，觉得妻子应该高看自己一眼，结果妻子还是老样子，做丈夫的就问为什么，妻子说："你当了大官，我也变成大官夫人了呀！"

这个笑话里，做丈夫的没有意识到妻子的地位是随着自己的地位而变化的，所以才想不通。刘薰宇十分幽默地把丈夫比作自变量 X，妻子比作因变量 Y，大官妻子的地位是随着当官的丈夫而变的，所以 Y 就是 X 的函数。所以函数就是"一个量随着另一个量的变化而变化"，多么简单明了! 比教科书上的定义有趣多了。

高中的英语不需要特别预习，因为在李宝胜老师的严格教导下，我的英语稳定在 117 分以上，已经达到了高中的水准。英语的提升完全是线性的，从小学到大学，英语学习就是一个记单词——背课文——读文章——再记单词的循环过程，只有词汇量的增加，没有学习范式的变更，所以我不会在假期里单独抽出时间来预习英语，我只需要按照我既定的节奏继续阅读英文、记忆单词就可以了。

我认为在英语学习中长期坚持比短期冲刺重要，积累比顿悟重要。学英语就像是跟一个慢热的人交朋友，需要坚持付出，需要小心翼翼、年年岁岁地投入，被冷漠以对也不灰心沮丧，最后就慢慢觉得英语这个朋友交得真值，因为你曾经的每一份付出都在这里得到了回报。你不用刻意去摸透这个名叫英语的朋友到底是什么脾气，也不用花尽心思玩弄机巧去讨好它，你只需要默默陪伴，它就会记得你在漫长岁月里悄然付出的点点滴滴。

如果英语是一个慢热的朋友，语文就像是一位沧桑的长者，任何一个学习语文的人都很难感觉自己与语文是平辈论交的。语文的世界太广博了，以至于语文课本只能容纳语文世界里很小的一部分，而且不是最重要的那一部分。语文的世界是开放的，有故纸堆，也有现实社会，还有环球视野。所以学习语文的人既要阅读名著，又要关注时事，还要背诵古诗文，还应爱好历史，最好还热衷于动笔表达思想观点。

　　在升入高中之前的九个月里，我阅读了大量的课外书籍，有时候甚至达到废寝忘食的地步。我很清楚，进入高中之后能够用来阅读的时间肯定会大大减少，所以格外珍惜自己阅读的时间，努力多读多思考。

　　我对新闻也格外关注，特别是国际事件、经济发展、政治举措等等，很多人认为关注新闻是为了学好政治这一科，但其实语文与新闻的联系要更加紧密和微妙。除了常见的报刊之外，我还积极运用互联网来拓展自己的知识，特别是南方周末和观察者网这样的重要媒体，我会逐一阅读他们对于时事的分析，努力搞懂正在发生的大事件。如今的语文高考试卷上已经增加了"实用类文本"这个新题型，这个题型的创新就在于把新闻直接引入了语文高考试卷，如果对经济形势、社会现实没有敏感度，做题恐怕也会两眼黑。2020年高考全国一卷的语文文学类文本还考了海明威的短篇小说，众所周知，海明威是采用冰山理论创作小说的，他的短篇小说一篇比一篇难懂，而高考所考的正是其中很有难度的一篇《越野滑雪》，这篇小说的主旨至今仍有争论，就连众多考题专家也只能挠头，高考选中这篇小说，正是体现了对阅读的重视：以往那种不懂阅读只懂答题模板的同学不能随便拿分了，高考的小说也不再只考主旨大意和人物特点了，只有经过大量阅读的人，才能了解小说本身的美，并把题目做出来。将来的语文不再是以题为中心，而是以阅读为中心。

语文的水准还直接影响到历史的水平，这就涉及高中历史与初中历史的差异。在初中阶段，历史讲的是重要事实，考试考的是固定知识，只需要背得足够熟、理解得比较深刻就可以拿到高分。所以初中的历史成绩是独立的，与其他科目没什么关系。高中历史的风格产生很大的变化，理解知识的难度以几何程度提升，画表格来对照历史事件、多角度分析历史事件成了高中生的基本功。但是仅仅理解了史实、背诵了条目还不够，因为历史高考题的方向正在扭转。

虽然当时仍是初三的学生，我却收集了历年的高考历史题来研究。我发现，大部分的历史材料题都不能从课本里找到答案，甚至是跟课本没什么关系了。有些材料还算跟课本相关，有些则无关，还有些甚至与课本相反。高考为什么这么考呢？我阅读有关的政策材料，才知道高考目前偏重于学科素养的提升，历史的核心素养不是背诵史实，而是读懂史料，因此，学生经过高中三年的训练，应该读得懂史学典籍，能够自己辨别史料、史论的优劣真伪。如果学生背完了高中课本，就把课本知识当成了普世性的绝对真理，从此再也不看历史书籍了，这岂不是高中教育之失败了吗？

发现历史高考趋势之后，我又观察历史高考题所选的材料，发现历史材料大多选自中国古代典籍或者外国史学著作，要求对古文和译文有很高的阅读能力，而这种能力恰恰是语文学科大力培养的，所以，语文水平大大影响历史水平，增强课外阅读是重中之重。

高中地理也与初中大大不同。如果说初中地理是平面的，那么高中地理就是立体的。立体，首先是高中要学地球运动，涉及众多的计算；第二，高中地理学到季风和洋流，特别是三圈环流，所以要把传统的地图和季风洋流图结合在一起；最后，高中地理划为自然地理和人文地理两部分，人文地理不再仅仅学习风土人情，而且增加了城市规划、区位因素这样的复杂内容。所以高中地理从学科特点来说既不属于文科，也不属于理科，而是一种独特的图形学科。对于地理来说，一切知识都以图的形式呈现，不管是地图还是区位图，或者是等高线图，都是把知识蕴藏于图中，把逻辑蕴藏于图中，没有图就不会有地理。

从衡中发出录取通知书开始算起，我的预习长达九个月，其间我参加了中考并且稳定地考出了655分的成绩，但此时中考只是一个过场了。2012年9月5日，距离我2015年9月5日进入北大整整三年之前，我进入了河北省最负盛名的中学——衡水中学。

高中

1 落差、迷茫与调整

对很多衡水本地人来说，中考是一个比高考更大的坎，入读衡水中学是一件比入读清华北大还难的事情，人生的角力从小学就早早开始，很多孩子在小学就习惯了熬夜做题。比如我的朋友王旭对我说，他小学的时候写作业就每天写到凌晨一点。其他同学也大抵如此，甚至因此影响了身高，一直到若干年后进入大学，在睡眠充足、营养充足、锻炼充分和压力较小的情况下才又长了个子。同样的情况也发生在其他教育发达地区，比如北京海淀区的孩子，往往从小学起就辗转于各大培训班。北京某家以奥数培训著称的机构还向我披露过他们的盈利模式：在孩子一年级的时候就给他们直接灌输五年级的奥数知识，其中必然有极少数天才儿童跟得上，而其他跟不上的孩子被迫"蹲班"，家长们的焦虑就被勾起来了，此时该机构就适时给出解决方案——交更多的钱，上特训班。家长能怎么办呢？只好乖乖掏钱，还得央求着老师多多关照自己的孩子。这种模式的荒谬之处在于，孩子们不是因为跟不上才蹲班，而是因为人为的设置而蹲班，他们只是比少数的天才儿童差了一截，却要被扣上落后的帽子。一个人在奥数领域不是天才，未必在其他领域不是天才；一个人在任何领域都不是天才，也可以通过努力拼搏来获得很大成就。交了钱上特训班就能解决问题吗？还是不能解决，因为规则是培训机构制定的，机构有一万种方法让家长多掏钱。被掏空的不仅是家长的钱包，还有孩子对数学乃至所有知识的兴趣。

我成长的道路算得上循规蹈矩，节奏比较慢，没有跳过级也鲜少补过习。父母虽然重视成绩，却没有给我灌输过非理性的焦虑，没有把我推向过度竞争的深渊。现在00后一代的教育竞争越发激烈，我家乡的许多孩子也开始失去无忧无虑的童年时光了，我对此深感忧虑：当分数和机会的概念比平等、自由、自我实现、团结合作的概念更早进入孩子的脑海，他们长大之后该怎样学会追求幸福？我花了许多时间来跟世界和解，才消解掉竞争留给我的心理创痛，我希望我的创痛不要变成普遍性的创痛。

衡中开学后立刻就开始了军训。军训的内容倒也没什么特殊，但是我在军训期间感觉到了班主任郝占伟的狠劲。郝老师非常年轻，接手我们的时候只有二十七岁，以敢拼敢闯著称于校，走路都是三步并作两步走。说到走路，还有一件趣事，就是郝老师因为下楼梯试图两步并作一步跨而摔断了腿，所以成为我们班主任的时候腿里还打着钢板，走路很不方便。但是很快他的腿就恢复了，而且又开始三步并作两步走——这已经是他性格的一部分了。

在管理教学上也是如此，郝老师一手抓教学一手抓纪律，每天只睡四五个小时，布满血丝的双眼时刻不停地盯着班级的一举一动，让人觉得害怕的同时也有些佩服。郝老师在军训期间就狠抓迟到，让班级风气为之一新。

不过比起郝老师，最令我震惊的是我的同学们。在军训期间我跟同学聊天，就发现他们知识非常渊博，很多人的知识面竟已达到大学级别，各种历史掌故、物理理论都是信手拈来，谈论古今中外都非常有观点有看法，可谓上知天文下知地理。我屡屡自愧不如，也很好奇自己的成绩比起他们谁高谁低。

开学之后我们举行了摸底考试，我全力以赴答题，力图证明自己在衡中的地位，可现实给了我沉重一击：我的成绩竟然是班级 36 名、年级 568 名！我实在难以相信自己竟然是这样的水平，难以相信涿州市的尖子生放到这里竟然只是二流水准。

当然，衡中一届的人数是很多的，足足 3000 人，但即便如此我也难以接受 500 名开外的名次。军训这些日子里我跟尖子生们谈天说地，跟知识渊博的郑沐云同学、思维敏捷的王泰同学一起讨论问题，心底认为自己与他们是同等水平的人，可是成绩出来我才发现，他们是熠熠发光的年级前十，我却是一个小透明！此时的我完全不相信自己最后会和他们一起走进清华北大的大门，因为肉眼可见的差距太大。

巨大的落差让我措手不及，没有办法心平气和地接受。尽管我无数次设想过自己落后的场景，也曾提醒自己人生总有起起落落，但是落后的局面真正降临到自己身上的时候，我就感觉自己像是被打进了地牢，承受着酷刑，受尽了屈辱和苦楚。我还强烈地感到不公：我也奋斗了这么多年，吃的苦不比郑沐云、王泰他们少，学习的强度恐怕还在他们之上，为什么我的成绩就不如人家？可能是智商的原因，但更有可能的答案是：此时在衡中风头无两的马肖冰、郑沐云、王泰、于涵煦、胡昕阳这样的学霸出身于更大的城市，生活在文化气息更浓郁的家庭，所以他们赢在了起跑线上。我有生以来头一次感觉到自己的落后是因地域和家庭层面的原因导致的，这让我感到无力。尽管初中的时候有一些同学家境殷实，花钱大手大脚，但我并不羡慕他们，我认为自己走的是自强奋斗的道路，所以天然地优越于纨绔子弟们，但是在衡中我却深切地感到自卑了，我意识到有人比我走得更高更远，而且他们依然在努力着，他们的存在衬托出我的弱小与落后。我感到胆寒，以至于我不敢妄谈超越他们，只是渺茫地希望着自己有朝一日能够追赶上他们。

我性格中韧性的一面还没有发挥出来，所以心态一时半会儿调整不过来，满脑子都是颓丧，抱怨自己没有生在好的城市和好的家庭，父母来电话我也不怎么接，同学们找我聊天我也不怎么搭理。班主任郝占伟老师见到我这样沮丧，基本猜到了原因，就想出一个办法：让我去参加学生会竞选，争取成为学生会的成员。他说："我自己越颓丧就越要给自己找事情做，承担的责任越大，自怨自艾的时间就越少，人的精神状态就好起来了。我建议你也这样做，等你身上有着好几份责任的时候你就没时间沮丧了，只会拥有用不完的干劲！"

听了郝占伟老师的建议，我感到热血沸腾，灰暗的精神世界里射进了一线希望的光。我当即报名参加了学生会的竞选，认真准备了讲稿。

衡中的学生会与大学的学生会或者其他学校的学生会职能大不相同。一般意义上的学生会往往负责校园活动，很少负责纪律工作。而衡中恰恰相反，学生会戴着黄色的鸭舌帽，悄无声息地穿梭于校园的各个角落，记录一切违纪行为。

什么样的行为是违纪行为呢？这个单子非常长，足足有几十页，不过在每个时期衡中只会重点狠抓其中的几项，而且我们日常生活学习中经常打交道的也只有少数几条纪律。我把重要的纪律列在下方：

一、禁止打架斗殴、抽烟、早恋。这些纪律属于所有学校都设置的纪律，所以不必多介绍。但是早恋这一条十分特殊，因为衡中不把早恋称为早恋，而称为男女生非正常接触，简称"非触"。非触的诱发条件很微小，比如男女生的拉手拥抱等一切肢体接触，再比如男女生单独相处——只要是在学校内，不管是大树下还是教室里，一男一女单独相处，即可构成非触。男女生并肩在校园内走路间距小于一米也是非触。所以非触的误伤率非常高，每天都有互不熟识的同学莫名其妙地被记非触，但是衡中的态度非常坚决：宁可错杀，绝不放过，只要发现非触行为，直接开回家反思一周。

二、禁止携带电子产品。衡中一向禁止各种电子产品，就连功能机或者电话手表都是不允许的。为了方便学生跟家里联络，学校内处处设置有电话亭，电话亭依然采用老式的插卡拨号方式，每个学生除了饭卡之外也都会有一张自己的专属电话卡，可以在下课或者其他的自由时间里给家里人打电话，倾诉一下学习的辛苦，表达对家人的思念，接受父母的鼓励。

三、午晚休禁止做任何与睡觉无关的事情。衡中的休息制度非常奇葩，采取全封闭模式，全校住宿，不允许任何人走读。每天除了七个半小时的晚休之外，还有一个小时的午休，一共有八个半小时躺在床上，属于雷打不动的睡眠时间。由于衡中一个宿舍有八个人，如果互相之间干扰的话，所有人的睡眠都会变得很糟糕，为此必须设立严格的午晚休制度。午晚休期间，我们不允许看书学习，不允许吃零食聊天，不允许随意走动，不允许坐起来，只能躺着。就连上厕所也是不自由的，午休期间不允许上厕所，晚休期间上床睡觉一个半小时之后才能上厕所。

四、内务制度。被子在早晨一律要叠成豆腐块，枕头必须放在被子旁边折叠整齐，铺面必须齐整无褶皱，床上不能放置任何杂物，这四项指标都是我们的内务铁律，缺一不可。违背任意一项都会记过，记过三次就请家长过来签署违纪通知单，违纪通知单收到三次则会记大过并责令回家反思一周。

五、上课与自习课纪律。上课期间，学生不可以低头做自己的事情，必须跟着老师的思路走，走廊里巡查纪律的学生会成员看到有人上课低头就会记下座位号，实施处罚；自习课正好相反，只能低头，不能抬头，抬头的学生会被记下来，算作违纪。另外，课间尽管可以上厕所、喝水，但不可以出声音，要保证教室内的安静，而且串班找人也是不允许的，社交圈被严格限制在同班同学之内。我高中结交的好朋友孙培智因为与我不是同班，竟然三年之中在校只见了两面，由此可见衡中管理之严密。

六、用餐纪律。衡中的用餐时间是每个年级十五分钟，而且十五分钟的时间包括了走到食堂、用餐和返回教室的全部用时。衡中不允许跑步就餐，学生会成员会在通向食堂的路上查跑步就餐的违纪行为，所以同学们都是走到食堂的。有人会问："十五分钟时间还要算上走路来回的五分钟，而且还要打饭，那么吃饭的时间不就更短了吗？"衡中是在缩短打饭时间的方面下功夫的，衡中食堂拥有数十个窗口，但是每个窗口只卖一种菜，所以同学们直接去自己心仪的窗口排队，拿饭卡"嘀"一下，把饭端走就可以了，所以即使看似很长的队，不超两分钟也可以排完，这样一来同学们就有八分钟的时间坐下吃饭，对于训练有素的同学来说，八分钟的吃饭时间可谓绰绰有余了。为了节省时间，同学们一般都会选择盖饭或者面条这种吃起来比较省事的饭菜，带刺的鱼、带皮的虾以及石榴这种吃起来麻烦的水果都是无人问津的。

以上六个大类基本上涵盖了衡中的典型纪律，其他杂项的小纪律不可胜数，比如上完厕所要冲水、高三同学不能到图书馆借书、某一年级放假时其他年级不可以跟着出去等等，这些纪律都由级部老师以及学生会的"小黄帽"们负责检查和执行。生活在衡中就如同生活在各种规定组成的海洋里，一不留神就可能被淹没，而这些规定与纪律的主要维护者，就是戴着黄色鸭舌帽的学生会成员。

我面试学生会是跟班级另一位同学常思思一起去的，到了面试地点我才知道这次面试只录取一人。我环视了一圈，发现应试者们一个个志在必得的样子，顿时感到不妙。随着老师的指示，大家轮番上台发表竞选演讲，果然个个都很出色，而最出色的一位正是与我同班的常思思同学。轮到我的时候我已经预感到结局了，上去发表了一通毫无章法的讲话，就垂头丧气地走了下来。回去的路上我问常思思为什么这么懂演讲，她说小时候曾经练习过，我心底暗暗下定决心将来也要学好演讲，因为演讲真是太有用了！后来我在大学期间终于练好了自己的演讲，而且成了演讲的老手。

但是学生会竞选毕竟是失败了，我因此又陷入了颓丧之中，郝占伟老师也对我没招了。我上课本来就听不太懂，这下子更是恍恍惚惚，云里雾里。等到月考成绩出来，我的成绩不但没进步，反倒退步很多，掉到了年级800多名。我不敢给家里打电话，不敢让父母知道我糟糕的成绩和颓废的状态。唉，我简直想要退学了！

说起退学，先例实在不少，自从来到衡中，我已经见到了很多同学因为巨大的压力而失去平常心，更有许多同学经历失败之后直接转回家乡上学，衡中对于这些同学不加阻拦，反而是帮助他们回到家乡，毕竟心理素质不过关的学生即使留在衡中也发挥不出自身的潜力。当时班级内被劝退的同学并不都是成绩差跟不上的，也有曾经是县里第一名、来到衡中却只是二三百名，甚至还有一些在衡中也能算得上是尖子生的。他们由于成绩的落差和生活习惯的变化而焦躁抑郁，感受到深深的痛苦，不得不回到竞争压力更小的环境去舔舐伤口。我预感到，如果不及时调整自己，那么他们的今天就是我的明天了。

我意识到自己心态失衡，就到操场上散步放空自己。偶然间，我发现校园的景色非常美丽——花木葱茏，细茵连珠，楼宇严整，秋池水碧。我惊讶于自己进入衡中两月有余，却从来没有注意到这一片美丽的景色。为什么？因为我的大脑被一个重要的数字给捆绑了，这个数字就是我的名次。就像一个拮据的家庭满脑子柴米油盐一样，我也忽略了生活中的一切美好，把自己的目光聚焦在狭小的领域里，觉得生命的意义就是去跟别人争排名。有时候我甚至冒出荒唐的想法：如果人世间真有夺舍大法，可以置换灵魂，把他们这些学霸的人生交换给我该多么好啊！把他们的人生给我，我就是年级前十了，我就能接受大家的艳羡了，我就能够轻松地拥有光明的未来了！

可是此时此刻我感觉到了这种想法的荒唐——如果交换了人生，我固然可以获得梦寐以求的年级前十，但我原来的人生就不属于我了，我的父母、我的爷爷奶奶姥爷姥姥、我的朋友、我的家乡、我的过往经历，一切我生命中熟悉而美好的东西都不再属于我。不，我不想这样。就算当不了年级前十，就算日子过得艰难而劳累，我也希望回到家里看到的是熟悉的面孔，我希望我依然是刘嘉森而不是别人，我发现比成绩和赞誉更值得珍重的是我自己的人生。

被名次蒙蔽住心窍的时候我意识不到自己生命中的美好，可是此时映入眼帘的景色提醒着我：别人的人生再好也不值得羡慕，因为只有自己经历过的人生对我而言才是有意义的。我不需要令人羡慕的人生，我需要的是令自己满意的人生，如果现在的人生不足以令我满意，我就努力争取去做到让自己满意！

我走到校园东区的一棵大树下，大树的叶子早早地落尽了，显出萧条的冬意，却很有禅宗的静寂之感。我盘膝而坐，闭上双眼，陷入了沉思，心中虚静无物，身边仿佛有雪花飘然而落。我自问：生命的意义是什么？我们来了一遭，经历了一遭，有荣辱成败，然而终究要归于尘土，我们有可能阒然永逝，也有可能被人铭记，而被人记住又能如何呢？当我们的眼光放到上亿年的尺度，那么人类的存续可能是一场笑谈，如果人类都不存在了，又有谁来记得我们活过呢？

我们活着不是为了留下金石的证据，不是为了留存在他人的记忆之中，而是为了带着珍惜去勤奋工作、陪伴家人、欣赏艺术和体验生命的历程，重要的是生命的完整性，当我们用力地活过了，拥有过完整的人生，那么就连死亡也不是可怕的事情。

所以我何须因为自己不是年级前十而自怨自艾呢？这世上本来就有前十名，有几百名，还有几千名，但是大家都能拥有自己独一无二的完整人生。我接受我的名次，也接受自己人生的所有胜与败，只要我努力拼过了，我绝不后悔。

2 文理分科的考量

　　我不再感到锥心的嫉恨了，我只觉得天地辽阔，人生无垠，回教室后我就变了一个人。我专注于自己能够学到的知识，努力地学习着、吸收着。我发现只要认真去听，课堂知识我还是能听懂大部分的，听不懂的我下课就赶紧问，争取在作业发下来之前把问题都搞懂，作业就做得顺畅。化学怎么也学不好，但是 100 分里拿到 70 多分还是勉强可以的。物理 110 分，我最高能拿到 108 分，生物我疯狂背诵，90 分最高能拿到 87 分。文科我靠着之前预习的成果，也渐渐跟上脚步，三科都很平均，能拿到 80 分左右，历史还考过第一。语数英三科提升得最慢，可是一点一点地也有进步。经过几次考试，我的成绩从 800 多名的最低点，上升到年级前 500、年级前 300，甚至到了年级第148 名。

到达年级第148名、班里第十名的时候，文理分科被提上日程了。提到文理分科，就容易想到新高考改革。如今新高考改革如火如荼，或许再过几年，"文科生"和"理科生"的名词就成为历史了。我认为这是好事情，因为在我心里没有文理的分界，我知道研究地理的科学家需要用到大量的物理和化学知识，我也知道自然科学的研究者们需要精通很多哲学的知识，化学研究来自中世纪的炼金术士，微观物理的新发现常常上溯到古希腊时期德谟克利特的哲学观念。人文与社会、与自然从来都是交织错落的，最完美的知识结构就是通识教育的结构，把知识硬分为文科和理科是一种人为的失误。

但是在之前条件不允许时，为了确保选拔人才的专业性，不得已只好分成文科和理科。而且由于文科所能报考的大学专业面比较狭窄，所以几十年来一直是理科比文科强势，人们给理科生贴上的标签是"有逻辑"，文科生的标签是"会背书"，很多学生背弃兴趣而选择理科，还有很多学生因为觉得理科困难而选择文科，这都是很不合理的现象。不过比起这些影响，文理分科最大的影响应该是建构了人文与科学的强制对立，而这种对立本来是不存在的。可以说，文理分科是一种不合理的做法，但是这种做法在特定时代是合理的，作为学生应该在大学尽力培养自己的通识素养，避免陷入或文或理的褊狭思维。

为了文理分科，学校开了几次大会，还专门放了两天假，希望学生们跟家长讨论之后慎重选择。我很早就在思考文理分科的事情，因为我喜欢生物却不喜欢化学，所以文理分科让我非常纠结。如果选择理科，我的化学肯定要拉分，如果选择文科，我最喜爱的生物怎么办呢？最喜欢的和最不喜欢的科目撞在了一起，简直是命运弄人。

　　想要破解困局倒也并非毫无办法，按照老师的说法，报考奥赛是我最合适的选择。我只要报考生物奥赛并且拿到国家级奖牌，就可以直接保送到清北复交这样的名校，自然也就避开了高考的化学考试了。而且从奥赛的初期测试来看，我在生物方面确实很有天赋。当时衡中有一位名叫董傲的学长，因为在国际奥赛中拿到了金牌而直接保送北大生命科学学院，从事生物科学与神经科学的交叉研究，成为衡中许多届学子的榜样，我由于喜欢生物，顿时产生效法之意。又能学习自己喜欢的专业，又能保送清华北大，多棒的人生呀！我打定主意要报考奥赛，就填写了报名表，在报名表上的三个空里按照兴趣的顺序填上了生物、物理、化学。

　　在接下来等待录取的日子里，我心里是忐忑的，但又抱有朦胧的希望。我相信生物奥赛教练员一定会录取我的，因为我的生物成绩是年级前列，而且在奥赛初期测试中也是佼佼者，我还曾经预习过《普通生物学》，打了一定的底子。但是就在奥赛录取结果即将公布的晚上，我得到一个爆炸性的消息：我被化学奥赛录取了！

我脑子里嗡的一下，仿佛有炮弹在耳边炸了。我不能接受化学奥赛录取我，至少在那个时候，我最害怕的就是被化学奥赛录取。我在报名表上之所以把化学也填上，纯粹是因为凑数。可是造化弄人，录取我的竟然是化学。

这消息是班主任告诉我的，我连忙询问原因，可是原因让我啼笑皆非。学校为了方便统计，没有考虑学生意愿，而是把所有的报名表志愿顺序都按照物理——化学——生物的优先级来依次录取，也就是说，物理奥赛教练员选完再让化学奥赛教练员选，最后轮到生物奥赛教练员。因此我被化学奥赛教练员"截和"了。

而且班主任告诉我，此时生物和物理奥赛的名额都已经录满，我怕是挤不进去了。如今我只剩两种选择：要么从此学化学奥赛，要么退出奥赛回归普通高考。

父母劝我："学了吧，奥赛肯定比普通高考厉害呀，多一条路就多一个机会。"我却真的抵触。化学高考已经让我感到恐惧了，更何况是化学奥赛？想到复杂的分子式我就觉得浑身发寒，压抑不住逃离的冲动，我觉得如果在这样的心态里学上三年奥赛，我的心理恐怕要出大问题。我依然记得入学的时候面对化学试卷的惊恐，连夜里做噩梦都跟化学有关。我怎么可能忍受三年这种痛苦呢！

可是父母说的却又没错，多一条路就是多一个机会。如果放在事后来看，谁都可以清醒判断局势，但对一个十六岁的少年来说，拒绝机会的代价可谓全然未知。或许我拒绝了化学奥赛，又发现自己高考也不很擅长，于是彻底走错。走错了怎么办？无可挽回。东亚社会的容错率从来都不高，我们习惯于被安排好的人生，我们也惧怕失控的人生，我们的文化无时无刻不在灌输着人生的既定范式，社会上充斥着这般言论：女孩子三十岁不嫁就是剩女，没房没车的三十岁男人是废物，名校毕业生回小城发展就是高分低能……表面上海阔天高，其实到处玻璃墙，走错一步，头破血流。更令人焦虑的是无穷无尽的年龄关卡，学校、企业、机关单位，都或明或暗地规定了年龄的界限，逼着人们在更年轻的时候付出更多的努力来争取有限的机会，很多人错过了应届生的机会就只好悔恨终身。就拿这奥赛来说，我今年不报，明年还有没有机会报？没了。正如人生许多其他机会一样，奥赛的报考也是过了这村没这店。人生处处是"一着不慎，满盘皆输"的困局，这令人厌倦。

为了守住机会，我几乎就要选择学习化学奥赛了，我的班主任却打来电话，及时提出了不同的看法："奥赛固然是条路，但如果从发展的眼光看问题，就会发现奥赛的性价比是逐年降低的。之前奥赛的政策是省级一等奖就可以加分，国家级奖牌就可以保送，所以参加奥赛的同学就算拿不到国家级大奖，只拿了省级一等奖，也可以有20分的自招加分来弥补损失。但是目前的新规已经提高了门槛，省级奖项完全不作数了，国家级奖项也是银牌才有机会保送或者降一本线录取。你觉得按这个趋势将来会怎么发展？等到你参加奥赛考试的时候，可能国家级金牌都不一定能保送，得国际金牌才可以。到时候一旦你奥赛发挥稍微失利，你为奥赛付出的精力就全白费了，只能回归高考。当失败的代价增大，心底的压力就会增加，失败的概率也会因此而增加，更何况你所学的不是你喜欢的学科！退一步讲，就算顺利保送了，你也只能选择从事化学领域的科研，扪心自问，你真的喜欢一辈子跟化学打交道吗？"

班主任的一番话彻底打醒了我。对啊，人生不止成与败，还在于自己喜不喜欢。在不喜欢的领域获得鲜花与掌声又有什么意思呢？我如果违背初心选择了化学奥赛，我就是一个投机者，投机者是不可能走得长远的。后来事实也证明班主任的判断是对的，奥赛名额最终缩减到了国家级金牌都不能够降分录取的境地。

我给化学奥赛教练员张华老师打了电话，恳请他把我从化学奥赛的名单中移出去。张华老师显然正在忙于奥赛生录取名单的整理工作，身边声音嘈杂，但是刚一听到我说的话，张华老师立刻停下了手头的工作，我感觉到张华老师的诧异，为此感到不安。唉，人家都是纷纷争取机会，我却主动拒绝机会，这让张老师怎么想？这未免有些不识抬举的意思了。

我硬着头皮向张华老师坦白了原因，希望张华老师能够理解。张华老师沉默良久，叹了一口气："嘉森同学，你的化学成绩尽管不出彩，但是你的物理和历史成绩进步神速，这说明你的逻辑思维很强大，小时候应该阅读和思考都很多吧？化学奥赛尽管需要做若干实验以及记忆许多知识，但是逻辑才是决胜的关键。我们现在所学的知识都来自课内知识的自然延伸，难度也算不得很高，如果愿意付出努力，那么世界级奖牌乃至全球前几名都可以被我们纳入囊中。"

我承认我彼时有些心动，但是沉思之后我依然说："抱歉，张华老师，我即使适合学习化学，也不可以选择化学奥赛，因为我不喜欢化学。我曾经听过您的课，您风趣幽默，思维敏捷，把复杂的化学方程讲解得简单易懂，我认为跟随您学习化学对任何学生来说都是幸运的事情，但是我无法享受这份幸运了。再次恳请您把我移出名单，并祝您和您的学生拿到世界级成绩!"

后来张老师真的培养出了世界前五名的奥赛生,但我并不后悔我自己的选择。即使我拿到了世界级奖牌,化学之路依然有违我心底的向往,我更喜欢文字而不是字母,更喜欢花鸟虫鱼而不是分子构成,我意识到自己心灵的归宿,所以拒绝了张华老师真诚的邀请。

很快,奥赛名单公示了,没有我的名字。我松了一口气,却很快又陷入了犹豫。因为我在文科和理科之间依然难以抉择。我回到了之前的困境:最喜欢的科目和最不喜欢的科目必须同时选。我究竟该如何选科呢?

如果我晚生几年,赶上了新高考改革,就可以自由地把物理、历史、生物组合在一起,但是不幸,我只能选择全文或者全理。最终我还是选择了文科,因为我没信心扭转自己对化学的看法,而文科的政史地三科我都抱有一定的兴趣,特别是历史和地理,我小时候就有过钻研的念头,所以我认为自己在文科可以有所建树。当时如果按成绩来算,我的文科排名与理科排名比较接近,理科排名甚至还略高,但这是由于我之前没有给文科下过相当的功夫,如果全力投入文科,我对自己的成绩还是相当有信心的。最终我毅然地选择了文科。

3 把大学作为愿景

选择文科之后，因为总人数减少，所以我的排名有所提高，在年级前 100 名之列，是班里的第五名。我给家里打了电话，表达了自己把成绩搞上去的决心，于是再次投入到了玩命学习的状态。

是什么支撑我一路不停地走下来呢？为什么我能够在枯燥平淡的日常学习中做到不颓废、不堕落、不厌倦呢？我学习的动力不是来自老师的威压，或者家长的期望，也不是为了跟同学们度长絜大、一争高低，我是为了进入自己理想中的大学，而我强大的动力来自我跟大学之间的情感联系。

我曾见到许多同学因为情感而努力学习。有些同学会因为自己倾慕的异性同学而加倍努力，带着一种朦胧的悸动激发出前所未有的闯劲。也有些同学因为来自某人的一句侮辱性的话语而深感受伤，所以拼命想要证明自己。这些都是因为特定的情感而产生了学习的动力，从而提升了成绩。比起情感，数据就提供不了如此强大的动力。朝着名次和分数而努力，就是朝着数据在努力；朝着考大学、找工作、赚大钱的方向努力，就是朝着抽象的概念在努力。不管是数据还是抽象的概念，都太苍白了，激发不出心底最原始的动力和渴望。

但是，我们也不该把动力寄托于一个人、一句话、一件事。如果男生因为喜欢一个女孩子而加倍努力，那么不管那个女孩子最后是接受他的喜欢、拒绝他的喜欢抑或是不再被他喜欢，他都会失去动力。如果一个学生为了证明自己优秀而加倍努力，那么一旦他认为自己已经足够优秀了，他就会放弃努力。我们需要的是持久而稳定的学习动力，能够支撑我们一路走下去，不忮不求，不怨不尤。

我们应该与一所大学建立情感联系，构建这所大学的清晰图景来为我们提供强大的学习动力。大学是死物，怎么建立情感联系呢？要依靠自己的想象。想象自己已经生活在这所大学里，已经有了梦寐以求的生活，坐在大学的讲堂里听教授讲课，牵着伴侣的手在学校的湖边散步，在高大敞亮的图书馆里阅读书籍，而且还要在脑海里将大学人格化，不仅是你在追求进入理想的大学，同时也是这所大学在等待你。

但是目前我们对大学的情感是空洞的。我们与大学之间是冰冷的双向选择关系，我们按照排名、专业和城市来挑选大学，大学依据分数线来挑选我们，彼此没有感情，只有计算和权衡。我认为我们只有在高考已经结束、结果已成定局的时候去这样思考才是有利的，而眼下的情况是我们都在以理性去衡量目标，但是人类作为情感动物，理性的作用是有边界的。

我们可以通过理性来抉择自己要买什么东西，或者选择自己要去的大学专业，以及规划自己的职业生涯。但是如果我们身处一片沙漠，失去了水源，得不到援助，有可能葬身于此，我们需要支撑自己走上三天三夜才能到达沙漠的边界，那么理性在这种情况下还能够发挥作用吗？不能的，理性只会评估生还的可能性然后让我们放弃求生的尝试。

同样地，我们身处高中三年争分夺秒的学习之中，就算理性很清楚我们要进入好大学才能拥有美好前途，但是学习的疲倦、坏成绩带来的沮丧、难题带来的无力感，都会消磨掉我们的意志，让这样的理性变得有隙可乘，甚至不堪一击。我们想要撑下来，想要以前进的姿态度过这三年，想要避免自己变成油滑、混日子的人，就应该有一些比理性更有用的东西，这东西应该是一种渗透进潜意识里的情感，一种在心态最薄弱之时和意识最松懈之时能够支撑我们满怀热情挺下去的意义感。

对我来说，这所大学是北外。

北外全称北京外国语大学，是外国语门类的顶尖学府。我以涿州市领先的排名进入衡中，尽管成绩在衡中不算很好，但是北外对我来说却不算是远在天边。或许清华北大对我来说有点太远，我没把握能考上，但是通过三年的奋斗进入北外我还是很有信心的。

为什么喜欢北外？这是一个难以回答的问题。我相信也有许多同学都在疑惑着："大学这么多，我到底要选择哪一所，要去喜欢哪一所？如果单纯看名字，似乎也都差不多，如果调查大学的专业水准、学术特色，作为中学生实在是心有余而力不足。"但是我完全跟着直觉走，就选择了北京外国语大学。我把我大概能考上的类似水平的学校名单拿过来看了看，一眼就觉得北外的名字很熟悉又很亮眼，很对我的口味。至于到底是什么原因，我也并不是十分清楚，可能是由于父亲对我提过很多次北外，可能是我读过关于北外的书籍而不记得，可能是我无意中听来了关于北外的故事，但不管如何，在潜意识里，北外对我构成了致命的吸引。

而且我对北外的喜欢也不是突然就有，而是逐渐加深的。正所谓知之深爱之切，我对北外了解得越多，就越是喜欢北外。

一开始对北外不够了解的时候，我买来了北外的明信片，上网查了许多与北外有关的图片，打印出来跟明信片一起贴在我的专属本子上，这个本子里还记录着北外的校史资料，北外的杰出校友，从衡中考上北外的学长学姐的故事，以及最重要的——我考进北外之后要做的一百件事情。这一百件事情我是用心构思写下的，一件一件都倾注了满腔的真情，就仿佛是面对着流星在许愿般的真诚。这一百件事情写完了，北外也就活过来了，不再是几幢大理石建筑的集合体，而是一个人格化的实体，在等待着我，在呼唤着我，也在鼓励着我。

所以我闭上眼睛，北外就出现了，一座精致的小园从旧时到今日缓缓而至，像一张胶片经过冲洗之后映现出鲜明的色彩。然后我飘然如杨絮，借着梦的轻盈，飞往这幻想中的园地，摩挲着图书馆外墙大理石的质感，在一汪碧绿池水的表面点出一圈圈涟漪。最后我坐在长椅上，日色黄昏，人影交错，同学们用各种陌生的语言进行着交流，我坐着、听着，耳边嘈嘈切切，心中宁静喜悦。

如果你能够懂得我的感觉，你也就知道北外会给我提供多么强大的动力，这种动力是来自意义感，我会感觉自己生活的重心如此清晰，所以即使面对枯燥的公式、难懂的概念、复杂的题型和大脑的疲倦，我依然乐在其中，能体会到什么是"与天奋斗，其乐无穷；与地奋斗，其乐无穷；与人奋斗，其乐无穷"，与北外之间的情感联系让我爱上了努力的状态。

或许不是每个人都能如此顺利地找到自己这所愿景中的大学，所以我希望站在过来人的角度给出一些建议。对于绝大多数同学来说，自己喜欢的大学与自己实际的成绩之间可能距离过于遥远，差出了上百分。但这也是无妨的。我有一位学长最向往的是北京航空航天大学，作为一位理工男，他从小就渴望着接触到飞机和火箭。然而他的觉醒微微晚了些，直到高三他才意识到北航是他的应许之地，而此时他的分数只有530分左右——北航的分数线高达680分。一般人恐怕就放弃了，然而这位学长丝毫不觉得晚，带着全部的热情和动力投入了学习之中，不理会那些唱衰的论调。

　　如果这位学长在短短一年内提升150分并且考入北航，绝对可以称之为奇迹。然而世间奇迹并不是想象中这般多，这位学长没能考上北航。但是努力是有意义的：他考上了南京航空航天大学，并在保研中以专业第一名被北航录取为研究生。他将在北航获得他的博士学位，并且在热爱的航空航天领域拥有属于自己的成果。

　　所以人生漫漫，机会属实很多，高考尽管重要，却也不决定一切。如果心中有一所大学是独特的，无论如何都想要就读于此，那么放心大胆去追梦就好，总可以有成功的一天。高考之后还有考研，考研之后还有考博，博士之后有博士后，只要这所大学令你心动，它就永远是一个值得追逐的梦。

我们究竟选择哪一所大学来建立情感的联系？许多同学都犯了选择恐惧症，去网上找海量的资料，对比分析，纠结于区域经济、专业前景、学术水准。可是我希望你不要这样做，因为这些事情是高考之后才需要考虑的。只要高考还没有来临，你的成绩就是一个变化的值，而且距离高考越远，成绩变化的区间越大，此时我们不需要精确地确定自己的方向和专业，只需要跟着直觉走，选择一所本能地喜欢的大学。

比如我的一位同学特别向往到海滨城市上大学，就把位于沿海城市的大学搜罗在一起列出名单。他一眼就相中了厦门大学，觉得厦门大学非常好，于是把厦门大学列为自己的最高目标。在不断学习的过程中他对厦门大学的感情越来越深，收集了许多关于厦门大学的故事，与厦门大学的感情就变得很深。所以在长期的学习中他克服各种困难，把自己的成绩从普通一本水平提升到了211的水平，又逐步提升到985水平，顺利考入了厦门大学中文系。

还有一位北方的同学看到关于武汉大学樱花的新闻，发誓要到武汉大学读书。为了考入武汉大学，她爆发出惊人的拼劲，成绩几乎达到清华大学的水准。在高一的时候，她对衡中的管理方式非常抵触，常常濒临崩溃，每一次衡中放假结束返校的时候都看到她一圈圈地绕着学校走，边走边哭，就是不愿踏进校门。可是自从武汉大学的樱花在她心底里扎下了根，她就一直为了樱花开放的盛景而努力着。最终她考入了武汉大学的金融系，才知道武汉有好多可以赏樱花的地方，武大的樱花既不是最多的，也不是最美的，可是这个事实已经不再重要，因为若不是有武大在前面等着，就不会有她生命中最奋力拼搏、最充实无悔的一段时光了。

其实我的成绩在高二时期就已经逐步逼近甚至超越了北外的水平，在我的目标体系里，清华北大渐渐替换了北外。但是在感性的层面上，北外依然是我的灯塔，是我的光。大学在我心中的模样是由北外界定的，大学在我灵魂中激发出的渴望也是北外给的，所以尽管我不曾就读于北外，但北外始终是我的梦中园地。

时光荏苒，高一的时光过去得很快。这期间令我印象深刻的是高一下半学期举行的班干部评选，各位班干部的好评都超过90%，我由于专注于学习，疏忽了工作，好评只过了70%。刺眼的数据向我敲响了警钟，我意识到即使在学习成绩至上的衡中，班集体的工作也绝对不可以落下，如果不工作却把持着职位，就是语文书里讲的"尸位素餐"，会给班集体带来很多有形和无形的损害。所以我诚挚地给同学们道了歉，决心在学习中兼顾班集体工作，承担起属于自己的一份责任。

4 与颓靡作斗争

到了高二的时候，我的成绩已经能偶尔摸到尖子生的边沿，甚至考到过年级的第十名了。而且我团支书和体育委员的工作也干得有声有色，尾巴似乎微微翘起来了。由于"新兵蛋子"们纷纷锻炼成了"老兵油子"，平时的生活变得单调重复，却又没有大战在即的压力，所以高二是容易松懈的时候。班里有男女同学渐渐走近，每当下课时眉来眼去，总是在集体活动时找不见他们的身影。下课的时候不同班级的好朋友们约着一起买东西或者上厕所，谈天论地，不到上课时间绝不回来。我一度受到这种风气的浸染，状态萎靡，成绩大起大落了几次，终于清醒，觉得自己不能这样下去了。我来衡中是做什么的？我想要怎样地离开这里？我如何让生活不留遗憾？我深刻地思索这些问题，有意识地拒绝诱惑。

有人会问：衡中既然查早恋查得这么严，为什么还有人敢谈恋爱呢？其实，恰恰是因为衡中查得严，所以早恋行为反而有了保护伞。因为学校对于早恋行为一直是严惩不贷的态度，对于判定为"非触"的学生一经发现就要回家反思，甚至有过本来是清北水平的学生因为回家反思三个月而一蹶不振的先例。这导致班主任们草木皆兵，一旦发现早恋的苗头就立刻扑灭，但是对于已经出现的早恋行为，班主任们权衡利弊之后却往往选择纵容，甚至是包庇。

我不愿意与这种浮荡萎靡的氛围同流合污，一直谋求恢复朴实刚健的状态。此时恰好有一个调整自己的时机，就是学业水平测试的来临。学业水平测试简称"学考"，是一场全九门的综合性考察，分成 ABCD 四个等级，只有 D 等是不合格的。但是对于有志于好大学的同学来说，学考全 A 是一件必须的事情。衡中对于学考高度重视，专门抽出三个月时间突击学考，要求实验班必须全 A，普通班必须 B 或 A，而且三个月内的大型考试都是按九科总成绩计分。

本来是六科，突然变成九科，任务量增加 50%，而且还要有主有次，毕竟学考很快就过去了，高考的六科却是一直要学。该怎么分配时间呢？我算了算，失望地发现不论怎么划分，时间都不可能够，如果想保证高考六科的新课进度，就要放弃学考三科，反过来，如果保住学考全 A，就会牺牲高考六科的一部分新知识。尽管学校层面高度重视学考，但是具体执行起来受到了很大限制，一方面是任课老师们纷纷或明或暗地向同学们施压，希望大家对学考科目少投入精力，有些老师会刻意加快进度，有些老师则是直接在课堂上提醒大家"注意策略"。另一方面，临时抽调过来代课的理科老师们心里挂念的还是他们自己带的班级，而不是我们这个文科班，他们讲课虽然算得上认真，但不会特别负责地盯着同学们的一举一动，所以很多同学在物、化、生课上做文科题，眼瞅着学考科目几乎要被同学们放弃了。我该怎么办？

我一咬牙，拼了！正好这段时间自己想要把状态提起来，干脆一不做二不休，制订了一个疯狂的计划：抽出每天晚上十一点半到凌晨一点半的时间多学两小时！因为晚休的巡查老师们在十一点半之前就离开了，所以我可以利用十一点半之后这段时间学习。但是这样做实在太辛苦了，需要我打破自己不熬夜的作息规律，把睡眠硬生生拆成两截。我会不会因为太痛苦而坚持不下来？不管了，先试试再说。

第一天，一切顺利。我起床学了两小时物理，把电学的基本知识过了一遍，感觉虽然半夜起来，但脑子是清楚的。我学习的地点是水房，因为那里彻夜灯火通明。水房里只有水滴落在瓷砖上的声响，衬托出夜晚的绝对寂静。我盯着手里的物理课本，把自己的意识渗进书本里，就像水珠深入海绵那样。两个小时之后，把电学的基本理论搞清楚了，我才回屋躺下。第二天起来觉得只是稍有困倦，总体状态还是可以的。

第二天，状态乏了，半夜的两个小时变得难熬。这天晚上我学的是最害怕的化学科目。我强打精神苦学，希望自己能多撑一会儿，结果令人惊喜的事情发生了，我发现自己对化学不像从前那么厌倦了，尽管还是谈不上喜欢，但是强烈的抵触感消失了，我能够心平气和地学习化学、把化学知识当作一般知识来对待了。这很可能是由于我经历了一年的学习而拥有了更加完善的逻辑能力，并且对于知识有了更快的领悟能力，所以学起化学来不再犯难。

第三天，最难受的时刻来了。尽管这一天半夜我学习的是最喜欢的生物，但是我的整个精神状态已经不饱满了，盯着书本总想睡觉。意志力支撑着我，让我集中精神苦熬了两个小时。早晨醒来之后，我发现反噬也特别严重，上课的时候脑袋疼得要死，午休的时候睡得死猪一般，差点起不来床。于是我决定"半夜学习行动"应该有节制，熬两天就得休息一天。

幸亏只有三个月，我熬了下来，兼顾了自己的九门科目，其中生物成绩我甚至考过全校第一名，力压理科生。最后在学考中我顺利地拿到了全 A 的成绩，而班级内则有不少同学出现了得 B 的科目，甚至还有几名同学拿了 D，需要高三抽时间补考。挺过学考之后，我的精神意志可以说是经历风雨磨炼，焕然一新。接下来的高二时光我不再有颓废和停滞了。

5 己欲达而达人

接下来的几次考试，我连续取得了好成绩，于是想起自己曾经当团支书当得不称职，心怀歉意，便试图帮助班级扭转风气。身为团支书，我每周都要出展板，就通过每周的展板来重点宣传学习扎实的"每周之星"，而且特别表彰状态稳定、不骄不躁的同学。我还联合学习委员一起找状态不佳的同学谈心，在班会课上为大家讲巴尔扎克、范仲淹和衡中学长学姐们的励志故事，帮助大家找回动力。

主题班会是衡中的光辉传统，班主任、班干部们用主题班会的时间强化斗志净化风气，用详实的资料、丰富的图片、生动的故事来达到劝学和诚勉的目的，使班级人人向上，互相影响，形成合力。

能够主持班会的有三个人：班主任，班长，团支书。作为团支书，我在三年之中积累了很丰富的活动经验。我第一次主持班会活动的时候很紧张，但是我想起班主任告诉我的："怕自己说话不流畅就多用视频代替。"于是我找来了很多视频资料，最后选择了电影《勇敢的心》的阵前演讲片段和电影《面对巨人》的死亡爬行片段作为班会课的主线，结果同学们果然被震撼住了，激发出挑战自我极限的热情，渴望着在高强度的学习中提高自己。后来我连着举办很多次主题班会活动，效果都很出色。

在我的努力下，班集体学习氛围高涨，大家变得很有正气，明目张胆地谈恋爱和课间时串班找人、呼朋唤友的行为渐渐销声匿迹了，班集体的成绩也是越来越好。我们很快成为四个实验班的优胜者，我受到良好学习氛围的反哺，学起来得心应手，上升的势头更快了。我发现，帮助集体就是在帮助自己。

团支书除了主持班会、评选"每周之星"，还要主持团活动课。有些团支书不大走心，直接让同学们上自习了，我则是每次都会做好PPT讲一些干货内容。由于团活动课的形式比较自由，我精心准备了许许多多不同种类的话题给同学们讲解，希望大家在艰苦劳累的学习中得到调剂。

高二后期，由于渐渐逼近高三，很多同学产生了松懈情绪，认为高三才是发力的时候，所以应该趁着还没到高三，抓紧时间休息休息。班级的成绩也因此发生了波动，逐渐下降。此时我们的班主任已经换成了王玉春老师，王老师是为了陪伴女儿读书而从外校转来任教的，尽管一腔赤诚，但是由于年龄较大，在管理班级方面精力跟不上，所以有些力不从心。

衡中原则上不招收三十五岁以上的教师，因为衡中的教学任务需要高强度的体力支出，技术和知识是其次的，精力和意志才是首要的。有句话叫"教得好不如管得好"，这句话在衡中可谓是真理。衡中的老师们不仅年轻，而且学历也并不出众，80%都是河北师范大学的本科毕业生，无论是教学经验还是知识水准都不算太高，但是他们拥有足够的热情和动力，能够每天只睡四小时连轴工作，能够在休假期间维持高强度的教研，能够盯紧班级内每一位同学的学习状态并适时地予以调整，所以创造出了成绩的奇迹。我们的政治老师刚刚结束半年的产假就进入了打鸡血般的工作状态，孩子交给老公去带。还有很多老师都是夫妻齐上阵，这是因为衡中鼓励教师们内部结婚，希望夫妻保持一致的工作节奏，共同拼搏。

王玉春老师虽然经验丰富，但是论体力确实拼不过刚毕业的年轻人，所以面对班级气氛再次松弛颓靡有些束手无策。我希望借助团活动课的契机把大家的斗志再次点燃，让大家把良好状态保持到高三，以最佳的面貌进入决胜之年。我把关于团活动课如何举办的设想提交给班主任，很快就得到了批准。

我的设想是，通过播放一部关于学习的电视剧来鼓舞大家。我给大家播放的是《龙樱》，这部经典日剧讲述了五个差生在一位有梦想的老师带领下考入日本最高学府——东京大学的故事，既有励志的情节，又有实用的干货。我之所以知道这部剧，是因为自己在初中的时候看过，我看到少男少女们在颇具男子气概的樱木律师的带领下，以一往无前的斗志向着全国顶尖的大学进发，其间主人公们经历了家庭的变故、外人的嘲笑、友人的背叛，但是不向现实低头，始终拼搏进取，终于圆梦东京大学。这群普通人的奋斗故事感动了无数人也激励了无数人，网络上处处传播着人们的赞誉，我也在好奇之下接触了这部电视剧，结果一发而不可收，一口气看完了全部的剧集，心灵仿佛受到了启迪。一直到很多年后，我心中都存留着对这部电视剧的深刻印象，许多细节都能脱口而出。

　　除了精神的激励，《龙樱》还充满了富有启发的学习方法。比如关于英语的学习，樱木律师主张"能念对的单词一定能听出来，所以提升听力的关键是掌握更多单词并且念对这些单词"，这对我启发很大，我正是因此而意识到提升英语听力的关键不在于大量听，而是正确读。再比如数学的学习，樱木律师认为学习数学要从基本的公式变换入手，对公式变换的熟练程度必须像体育选手的习惯动作一样达到条件反射的水平。这也是对我影响很大的观念，我数学成绩一直很出色，与我熟练掌握各种公式变换很有关系。比如高中数学的三角函数就是我学得非常出色的部分，而三角函数的 22 个公式我熟练到做梦都能背出来，这使我解题思路特别灵活，往往短时间就能解出高难度的题目。

为了尽量节省同学们的时间，我利用自习课时间对原作进行了剪辑，删去了许多插科打诨、与主线剧情无关的内容，把整部剧缩到了六小时左右，准备分成七次播放给大家，正好可以在进入高三之前的这段时间给同学们提供帮助。第一次播放之后，效果果然很好，同学们都被吸引住了，跟着主人公一起踏上了奋斗的征程。播放结束后，班级内无精打采的状况改变了，大家都变得充满斗志。

6 做工作总有委屈

可是很快，我得到一个令人愤怒的消息：我被举报在团活动课上播放"与学习无关"的内容，受到级部处分。我不解：团活动课本来就不是自习课，不是给大家做题背书的。而且我播放的《龙樱》明明就是讲学习的，对大家的学习很有帮助，为什么还要受到处分？

我找到级部要说法，质问他们如何定义"与学习无关"，结果级部老师说："只要有情节的东西都对学习不利，因为你播放的东西有情节，同学们会想着接下来情节怎么发展，就无心学习了。"

这个说法让我气得发抖，我跟他争辩："小说不是有情节的东西吗？那我们在阅读课上读《边城》和《骆驼祥子》难道也对学习不利了？而且现在班级的主要矛盾是同学们的状态不行，如果不破除这种萎靡松懈的状态，班级的成绩还会进一步下降！"但是级部老师们完全搞不懂我在说什么，硬是把我的处分通知单给签了。

经过这一事件，我发现在具体事务方面很难与级部老师们交流，因为他们并不是教师，而是与教学完全无关的人，平时只抓纪律，对学习一窍不通。在他们的脑子里学生只分成违纪和不违纪两种，违纪了他们便抓，抓了便能获得奖励。譬如抓住早恋行为可以奖赏五十元，他们就挨个空教室去巡查，抓住不冲厕所的行为可以奖赏三十元，他们就蹲在厕所角落里一整天。他们不在乎班级和年级的成绩有没有持续上升，也不清楚我们为学习付出了多少辛苦。

而这次的事件最不公平的地方就在于程序错误，所谓的纪律不是来自缜密的调研，而完全是几个级部老师凑在一起商量出一条"禁止有情节的东西"的规则来，未经公示，也无法预防。如果提前公示了，我明知故犯，自然是我的责任，但是等到我受处分的时候才告诉我有这么一条纪律，简直是古人说的"不教而诛"了。

但是我还能说什么呢？既然他们不理解我在说什么，我干脆也没有再争辩什么。

这次事件虽然不愉快，但我没有因此而丧失工作的热忱，依然尽心竭力地为集体做事。到了临近高三的时候，班级的气氛已经调整得很棒了，班级成绩很有起色。王玉春老师由于这一段时间的辛勤工作而消瘦了许多，两鬓都添了白发，但是优秀的工作成绩让王老师露出了幸福的笑脸。跟他竞争的几位老师都是少壮派，王老师一边适应着衡中的教学模式，一边起早贪黑地拼命工作，干出了值得骄傲的成绩，让年轻的老师们对他刮目相看。

很快，省里就下发了评选省级三好学生的通知，轮到我们学校的时候，学校采取班主任提名和同学投票的方式，班主任鉴于我优秀的工作表现，把我列在了提名的第一位。尽管有其他同学在成绩上表现比我亮眼，但是由于我同时承担了大量的学生工作，给班级做出了贡献，所以我排在了第一位。

同学们的投票结果也显示出大家对我工作的认可，由于我一直以来所做的工作都被大家看在眼里，所以大家选择用投票来支持我。最后，我以最高票数赢得了省级三好学生的荣誉，捧回了一个沉甸甸的证书。

总体来讲，高二的学习没有高一那么举步维艰了，由于我形成了好的学习习惯，学习成为一件越来越得心应手的事情。我注意积累细微的学习经验，把自己当成一架精密高端的机械，一点一点地调试着，希望每天达到最佳的学习状态。我认为高二是整个高中三年里最有可能拉开差距的一年。有些人在高二利用好自己高一的经验，加以改进，做到了更上一层楼，把学习搞得非常扎实。有些人在高二陷入了颓靡，变成了"老油子"，擅长逃避任务、偷工减料、虚假努力，不知不觉就掏空了自己的根基。

7 良好人际关系是学习的保障

除了繁重的日常学习和细碎的学生工作，我也尽力维护着自己的人际关系。良好的人际关系有助于学业的成功，因为学业的进步需要稳定的外部环境。一旦人际关系发生问题，很容易波及情绪，引发失眠、厌食、精神不集中等情况。我与同学保持着良好的关系，既有个别交心的朋友，也有比较可靠的伙伴，即使平时不来往的同学也对我保持敬意，所以我的人际关系处理得比较成熟。

但是我在人际关系方面也经历过教训。高二期间，我曾与一位舍友发生了冲突，引发我在人际关系方面更多的思考。

每天晚上熄灯之后，舍友们总要卧床谈话。衡中向来是不许这样的，然而有一阵不知怎的管得放松一些，我们就得以多了一项娱乐。无论在哪里，寝室夜谈都是惬意的事情。静夜消融了一切隔膜，大家彼此谈天说地，渐渐热烈又慢慢变成有一搭没一搭，最后在放松的状态中沉沉睡去。在衡中夜谈是件奢侈的事，正因为奢侈，我们的兴趣就更浓了。

然而我有几天总开某个舍友的玩笑，大家都很开心，那位舍友一开始也不觉得什么，可是终究有些不悦。这是一位举止有派头的同学，上课背诵课文的时候往往像在做演说，夹杂一些"嗯""啊"之类的腔调，而且走路背着手，说话也经常冒出些押韵的词句来，就像祝酒词。我就绘声绘色地模仿他说话的样子，还加以夸张，惹得全宿舍人吃吃地笑。大家不敢大声笑却又忍不住笑出来的状态让我很得意，觉得自己非常幽默，"创作热情"就越发高涨了。

这位舍友渐渐有了怨气，我却没看出来，依旧每天开他玩笑，在欢乐中进入梦乡。直到有一天，还没有熄灯，我们已经躺下了，我就又开始模仿他平时说话的样子，他突然破口大骂，说了很难听的话。我不理解他为何生气，所以不但没安抚，反而跟他对着吵，最后发展到相互扔鞋的地步，马上就要打起来了。这时，熄灯的铃声响了，我们才罢手。熄灯后，我还能听到他在激动地喘着粗息，估计是气得不轻。

我冷静一想，把玩笑反复开确实不对，怎么能把大家的快乐建立在开别人的玩笑上面呢? 我本人是开得起玩笑的，可绝非人人如此。按发展心理学的理论，青少年时期正是构建"同一性"的时候，每个人都非常在意别人对自己的看法，都在思考心中的自己和别人眼中的自己有什么不同，对伤害性的言论很敏感，所以每天都成为别人的笑料肯定不是开心的事。特别是现在这位舍友如此动怒，说明我们开的玩笑绝对是伤害到他了，我很愧疚。

次日清晨，我就到他面前郑重地说了对不起，还把自己珍藏的零食给他，他拍了拍我表示理解，下午约我去校园东区散步谈心，我们的关系修复如初。我把这件事当作很大的教训，从此跟舍友相处非常细心了。我后来渐渐明白，越是与亲近的人相处越要细心，因为人的身上都带着自己看不见的刺，亲近的人最容易被刺到。

后来我们换了宿舍，有个叫罗昊的舍友每次放假都带来满满一柜子零食让我们吃，都是辣条、卤蛋和豆干之类。我觉得好吃，尤其是我妈妈因为注重我的健康，只给我带了牛奶和面包之类，不如这些有滋味。我想多吃些，却不好意思，就拿着牛奶去换，可是罗昊这位大气舍友把手一挥："放开吃，我反正吃不完！"我确信他是慷慨的人，于是每天都吃他零食。

后来高考放榜，我考了全校第一，罗昊跑过来揽住我肩膀说："你小子，零食没白吃啊！"我笑了："多亏了你的零食，才

有力气学得这么好!"其实不是零食对学习有好处,而是良好
的人际关系对学习有好处,而且这种真挚的友情本身就是人生
中最值得珍惜的事情之一。

8 病中学习的苦痛

　　高二即将结束的时候，我生了一次病。换季的时候我总是容易生病的，但是往往多喝水就能挺过去。然而这一次的病来势凶猛，起初是喉咙肿痛，接着是发烧，再然后就是感冒流涕了。我完全没有调养的余地就已经彻底进入了疾病的状态，各种负面状态开始连环袭击我。上课的时候头痛欲裂，我却不敢休息，因为老师讲的每一句话都可能是考点。睡觉的时候鼻子不通气，浑身燥热出汗，比跑了五公里还要累。时间的流逝渐渐失去意义，眼前的景象常常模糊，我仿佛生活在一个异次元的茧房里，别人说话我要过上几秒才能反应过来。天啊，我是谁？我在哪儿？我在做什么？精神恍惚到极致，世界变得不真实。

　　残存的理智告诉我，不能硬撑着，必须要去医务室了。我挑了一个自习课连排的时间去了医务室，带齐了自习课要做的卷子。医生说要输液，于是我坐在桌子前，左手打吊针，右手写卷子，靠着一股意志力撑下来了。就这样，连续三天趁自习课输液，我在课业没有耽误的前提下退了烧。我坚持着不在白天吃感冒药，因为感冒药会让我犯困失去状态。当时班级内另一位跟我成绩相仿的同学也在换季时被"秋老虎"摆了一道，感冒了，吃完感冒药就一直忍不住瞌睡，一天十节课有七八节都是睡过去的。我看到他的窘境，自然不能放任自己也被摧毁。而且感冒药其实用处不大，感冒是自愈的，多喝热水少吃辛辣，剩下的都要交给时间去解决。

一个星期过去，清鼻涕变成黄鼻涕，最后没有鼻涕，我的感冒终于痊愈，学习状态彻底恢复了正常。庆幸的是，我这段时间的学习没有耽误，仅仅受到轻微的影响，绝大部分课堂内容都领会或者记录了下来。在随之而来的月考中，我那位吃感冒药的同学遭遇了断崖式的成绩下跌，我的成绩则基本没有下降。经过这次疾病，我发现学习中的不确定因素实在很多，状态好就应该抓紧多学一些，因为不知道什么时候就会有不可抗因素来干扰学习的状态。这次我虽然病了一场，但精神却更健康了，因为疾病锻炼了我的意志，我就像走完了二万五千里长征，洗净了脑海中安逸妥协的念头。

9 踏进高三修罗场

　　高二结束了。在最后一次课上，王玉春老师穿着平时少见的正装步入教室。沉郁的气氛笼罩在教室里，这气氛因为离别，因为成长，因为即将到来的高三。我们要迎来分班了，相处近两年的同学就将分道扬镳，大家按照成绩被重新划分到实验班或普通班，迎来属于自己的新班号和新学号。最后我们会跟新伙伴们一起奋斗过这高三的一年，到达自己中学生涯的终点，在高考中展现实力，然后走向人生的分叉点。

　　王玉春老师念完了放假的注意事项，嘱咐了假期的学习安排，又沉默良久，眼角渐渐滑下了泪珠。唉！终究是舍不得的，即便是在衡中这样频繁分班的学校里，相处过的师生同样难以割舍感情。我们记得王老师在课上妙趣横生，给古代文人一个一个地"贴标签"，逗得我们哄堂大笑。笑完了，也就记住了，于是李杜王孟、屈宋班马，我们都能记得清清楚楚，这就是真正的寓教于乐。

王老师终于开口了："同学们，我舍不得你们，我还想带你们一直到高考，可惜没有这个机会了。我心情很沉重，一是由于分别，二是由于我的女儿。就在半个月前，我的女儿——她只比你们大一届——高考发挥失利了，我期待着她能考上北大，但是她终究是差了十分，所以被人大录取了，我今天刚知道这个结果。在她高考之前那段日子，教学稍有空隙，我总忍不住调出监控来看看她的状态，我看到她在离高考只剩三天的时候还在给同学讲题，我就很放心，我觉得不管考得怎么样，至少我把女儿的为人给教好了。

"成绩出来的一瞬，她哭了，我也哭了。我是为了她才来到衡中的。我本来在一所县中里教书，能力上得到认可。但是因为女儿选择来衡中上学，我就受到了校方的排挤。按照校方的意思，我的女儿既然能考出优秀的成绩，就应该留在县中里读高中，给学校争成绩。但我是一个父亲，我尊重自己女儿的意愿，女儿既然向往衡中，我就把她送来衡中，校方既然排挤我，我就干脆辞了工作，重新应聘，到衡中来教书。

"衡中一开始不愿意接受我，因为衡中向来不接受三十五岁以上的教师应聘，但我下了决心要成功，所以有志者事竟成，衡中还是接纳了我。当我接受班主任这样一个职位的时候心里很忐忑，因为我不曾想象过省里最好的中学是怎样的水平，不曾想象过全省拔尖的同学们是怎样的性格，我害怕自己会搞砸。我夙兴夜寐，辛勤备课，尽管工作上不敢说自己做得很好，但是对得起自己的初心。

"如今我的女儿没能进入梦想中的大学，本该令人沮丧。但是我却觉得自己来到衡中已经拥有了最大的收获，那就是你们。我见到了少年的阳光，少年的热血和少年的斗志。我体会到了什么是真正的'教学相长'，因为我的确学到了许多。我的女儿是你们的学姐，她虽然没有圆梦清北，但是她三年来学得很认真很刻苦，她的劲头让我这个做父亲的感到骄傲。在这分别的时候，我也希望大家能够以她为榜样，以最饱满的热情投入高三的学习，最终圆自己的梦。"

说完，一阵沉默，零星可以听到同学的抽噎声。王老师播放起一段熟悉的音乐，跟着节奏唱了起来。同学们也跟着和，声音里满是深情。由弘一法师写下的歌词伴着旋律，回荡在我们小小的教室里：

长亭外

古道边

芳草碧连天

晚风拂柳笛声残

夕阳山外山

天之涯

地之角

知交半零落

……

我们就这样唱着，唱到了夜幕低垂。我们背起背包走向校门，夕阳残存的余晖仿佛是呼应着我们方才唱过的《送别》。我们在朦胧的光线里走出校园，各自分别。我们知道，再次相见之时，战鼓将会敲响，硝烟将会弥漫，我们将会面对人生中最难忘的一年：高三。

10 个人能力的边界

高三一开始，我就领了个教训。

我一直勇于承担责任，初入高三的一件事却告诉我：责任不是无限的。进入高三之后我担任了宿舍长，负责宿舍的管理工作，尽力提升宿舍的各项评分。某天早晨，我们宿舍的同学把钥匙锁在了屋里，该午休的时候才发现钥匙取不出来了。我看着舍友们着急，自己也是心急如焚，怕耽误了大家的午休导致成绩下降。该怎么办呢？按理说应该找宿管老师过来处理，但是我实在是太着急了，索性抄起木棍砸掉玻璃，取出了钥匙。砸了还没一分钟，级部老师就到了，劈头盖脸训了我一通。

我以为这件事情不大，可是事情上报到年级部之后渐渐发酵，很快就被定性为"损坏公物"，要记大过，回家反思一周，还要全年级通报批评。听到这个结果，我真是傻眼了，觉得很委屈。

我去翻了翻处分记录，发现处分理由主要是破坏玻璃的行为造成了不良影响。我冷静地想了想，觉得处分给的很对，重点不在一块玻璃，而在于不良影响。本来是件小事，经我这么一砸，给安宁的校园带来了不稳定的气氛。现场亲眼见到的同学还好些，但是那些听到传闻的同学呢？本来是砸玻璃，口耳相传之后没准就变成校园暴力事件了，如果有同学因此而心神不宁难以踏实学习，我的确难辞其咎。所幸班主任替我向级部求情，加上学校顾念我是学业紧张的高三生，在具体执行纪律的过程中放了水，没有让我回家反思，仅仅是在教室后面罚站。

　　我总结这次事件，觉得主要原因是我担任宿舍长、有责任在身，而且高三压力太大容易导致不冷静，加上我遇到事情习惯自己处理，没有跟大家商量，也没有等老师解决。责任的边界在哪里，勇于承担责任就一定能解决问题吗？我从这次经历反思到这个问题，认为个人的能力是有边界的，问题的解决应该在于每个人做好分内之事，然后由系统来解决，而不是凭借个人热情。老师凭借备用钥匙就能打开房门，何必砸玻璃呢？经过反思，我成熟了许多。

11　用实力说话

　　成绩的好坏是高三的生死线。一轮复习的时候我过得很是压抑，因为成绩并不算很出色，甚至比高二还有所不如。同学们似是觉得我高二下半学期把劲头都用光了，高三再也没后劲了，于是对我轻视起来。我本来没有发觉，但是一件小事改变了我的看法。

　　衡中是每个人都要找到座右铭的，这条座右铭要仔仔细细誊抄在黑板的上沿，放上一个星期，高二的时候轮到我写座右铭，我便写了《尚书》里一句"四海困穷，天禄永终"，写完之后，大家看不懂，让我解释解释意思，我便说这是以一人之力承担天下之责的意思，这句话与我的心境有关，我觉得近来班级内部气氛不是很好，我身为团支书自然是要承担起扶危之责，不能让班集体落后于人。我话音刚落，教室里便响起了由衷的掌声。

高三再次轮到我写座右铭了，我写了《尚书》里另一句"多言数穷，不如守中"，意思简单明了，意在提醒自己致力于学业，用实际的成就来说话。可是这一次大家的反应就很不同，因为此时我的成绩不是非常好，没法服众，所以许多同学觉得我在说大话。难道我的努力他们看不到吗？我对这种氛围十分伤心，可是想起自己刚刚立下的志向"用成绩说话"，又觉得申辩无益，还是要埋头苦干。

我的同桌负责班里的饮水机，外号"机长"，他成绩优异，后来高考成绩只比我低三分，是全省并列第五名。我的前桌是当时班里成绩最好的女生，后来去了复旦大学。和他们聊天、竞争让我觉得很有挑战，下课的时候我们会讨论问题，还会互相讲讲段子，营造出短暂的轻松氛围。

我尽管内心苦闷压抑，但是一直不曾屈服，每天苦心向同桌、前桌取经，学习他们的优秀方法，琢磨如何用在自己身上。但毕竟是高三，压力无法排解，不断累积，就这样努力了三个月，到期中考试前夕我的精神压力大到极致，与父母发生了龃龉。

衡中每三周才放一次假，也就是说，我二十一天才能见到父母一次。而且我不是本地人，是保定涿州人，所以我回家就艰难得很。放假只有一天，我干脆就不回家了，父母过来订个宾馆套间，三个人凑合一宿，第二天就又赶回学校里上课。发生矛盾的这一周是考试前夕，我压力大得无以复加，在宾馆里不知道因为什么事情就跟父母吵了起来，眼泪一把一把掉，想到自己从小到大许多辛酸的事情，连幼儿园时不如意的事情都记起来了。父母看我精神状态很不对劲，也不知道说什么好，就劝我干脆回家休养，考大学不急于一时。可我说着说着就畅快了，觉得倒也没啥，下楼去理了个发，还因为理得好看而高兴了半天。我渐渐看什么事都觉得开心了，见到什么东西都觉得可爱了，于是意识到自己的心态恢复了正常。看来压力还是需要诉说，需要有人倾听。后来我就坚持每周给爸妈打电话报告自己的学习情况，听一听父母的关心，就没有再觉得崩溃。

期中考试成绩出来了。本来就有几个月的辛勤奋斗，再加上心态好，所以成绩夺了班里头筹，比起之前长期徘徊在班级十几名的成绩真是太亮眼了。我深感"历尽天华成此景，人间万事出艰辛"，流下了激动的泪水。

这期间发生的一件事情也让我警醒。衡中每周都有班会课，班主任会在课上给大家讲解重要事项，分析重要问题，并给大家加油鼓劲。我的坏毛病就是班会课上也看书做题，脑子完全不跟着老师走。之前倒也没出过问题，这回赶上了：老师问我们最崇拜班里的哪位同学。提问到我，我模模糊糊记得有"崇拜"俩字，想起自己最近正在读马克思的书，就大声说：

"我最崇拜马克思!"同学们哄堂大笑,老师气得脸色铁青,过来捶了我两拳,边捶边喊:"你还马克思!你还马克思!"同学们笑得更欢了。

虽说是件搞笑的事,却也让我警醒:学习真的有必要占用班会课时间吗?明明有很多的零碎时间可以利用,恐怕不必非得在班会课上看书做题。更何况,身为考到班级第一名的学生,一举一动都受大家瞩目,如果班会课上看书做题,岂不是诱导大家以为好成绩的秘诀就是在公共时间做私事?这么一想,我以后在班会课都认认真真听讲了。

12 最后一个假期

很快，临近寒假，班级的气氛渐渐躁动起来，这是因为大家压抑太久了。事实证明，如果在校期间压得紧，假期里就会更松懈。校方给假期布置了堪称严酷的作业量：短短九天，36 套卷子。然而这些卷子有多少人能真正做完呢？大家都奋斗太久了，所有人都疲惫了，稍稍打开一个口子情绪就会溃堤决口，奔涌而出。

后来，有很多同学在高考之后总结失利原因时归咎于这个寒假，后悔自己在关键时刻泄了劲，把大好的赶超机会浪费了。人生是不是也如此呢？应该有很多人度过了漫长的一生，后悔自己在关键的时刻没有多努力一把，没能够把事情做成，可是正如《星际穿越》中的台词："时间可以被压缩，可以被伸展，却从来不能倒流。"任何岁月一经流过，就有一次专属的机会永远消逝，绝不可能再找回。

大家把寒假视为难得的放松，我却觉得这不应该是休息的时候。我还有力气没有用尽，我对知识的掌握远远不够精熟，不安感笼罩着我，我感到自己需要练习，需要更多的投入和付出，需要更多的努力和奋斗。通向成功的路绝不会如此轻松如意，一定如冰心所说：成功的花，浸透了奋斗的泪泉，洒遍了牺牲的血雨。

状态在这里拉开了差距：同学们在这个寒假里选择 K 歌、打游戏、追剧、看电影、看综艺，而不是踏实钻研题目，导致高三学习状态的连续性遭到破坏，智力潜能没有完全激发出来。我却为自己的假期制订了详细的计划，这份计划不仅包括学习，还包括晨起锻炼、营养饮食以及如何应对突发情况。

计划列好之后，一场远大艰难的远征开始了。寒假当然不算长，可是身处举国同庆、除岁迎春的美好氛围里，我的苦熬可谓度日如年，洇染了悲壮的色彩。逆风而行，绝顶攀登，真可谓一步一重天，憋着一股劲头，气劲铮铮。早晨六点，我从床上一跃而起，开始了我一天的"征战"。我认为假期的最好状态就是与平时的作息保持一致，无论是起床和睡觉的时间，还是吃饭和午休的时间，如果能与在学校时尽可能一致，踏准学习节奏，就有利于发挥自己的全部实力，提升假期的效率。因此我六点钟起床后先是做早操，模拟在学校里的跑操；然后以很快的速度吃完早餐，保持站立状态进行早读。早读是以两天为周期，语文英语轮换阅读。早读结束就开始筹备上午的学习，一般是完成两整套卷子，中午休息一小时，下午继续完成两套卷子。晚饭过后看完新闻，就开始整理白天所做的四套卷子，将错题誊抄到错题集里，解析、辨析、比对、总结。

我进入了完全的闭关状态，发小李松约我吃饭，我出来与他匆匆吃了一餐，就往家里赶。他习惯性地跟过来，要去我家坐坐，这是两人多年来的默契，不需客套的。

可是我有作业要写呀! 我一咬牙，硬生生拦住了他，说道："今天不聊了。"

李松一笑："成，那我明天……"

我狠心摇了摇头："不，不聊了。"

李松愣住了，困惑不解的神情带有某种受伤的成分，似乎在检讨自己做错了什么。我一时哽住了喉咙，不知道该怎么跟他解释，因为怎么解释都像是借口。但时间紧不是我的借口，是我面对的冷峻现实，我在假期计划和友情之间做着无可挽回的抉择。

忽然，李松走上来拍了拍我的肩膀："兄弟，下次再聚。"然后头也不回地走掉了。我喉咙里一大堆解释的话被死死地憋住了，直到多年之后我重提此事，将歉意吐露，但李松早已不记得此事了。

当时的我看着李松离开的背影，脑子里嗡嗡作响：他生气了吗？他会怎么看待这件事呢？他会怎么想这件事呢？会不会认为我背叛了这段友谊？会不会从此不跟我来往？我往家里走着，心里沉甸甸的，好似坠着重物，无从解脱。我好想转过身去唤住他，像往常一样把他邀请到家里看电视、打游戏。可是我很清楚，这一次不能，偏偏这一次不能。再愧疚，再痛苦，我也得把作业完成，不能让努力付之东流。

作业的进度以龟速前行着，我打定主意，稳扎稳打，不求速度只求质量，每天伏案十几小时认真揣摩题型。妈妈担心我的身体，变着花样给我做好吃的，我却很了解自己的身体，知道自己消受不起大鱼大肉，所以每餐都是荤素搭配着吃，尽量少油少盐，务求清淡。吃香喝辣会加重肠胃负担，肠胃负担太重就会腹泻脱水，这都是高一高二摸索出来的教训。得益于健康的饮食，我在艰难苦熬的寒假里没有陷入疾病或虚弱。

有时候完成了一套卷子，精神高度紧张之后缓缓松弛，我会透过窗子望着蓝天放空自己，目中所见是云卷云舒，心中激荡是凌云志气。人生确实艰难，太多诱惑，太多波折。沈从文当初一文不名闯荡北平，枯坐陋室三餐不饱，靠着"安忍静虑"

的本事磨炼出写作的技巧，成为举世闻名的大作家。后来他一生中说得最多的就是"耐烦"二字，夸人也说"最是耐烦"。我细细品味这"耐烦"二字，觉得成功的奥妙就在里面了。学不下去，坐不住，说到底都是不耐烦。不耐烦所以看书看不进去、做题做不完整、背知识背不熟练，成绩怎么可能提升呢？

刻苦学了四天，除夕到了。往年的除夕总是很热闹，张灯结彩走门串户，吃饺子，放鞭炮，看春晚。老人们还要搓搓麻将，欢乐的气氛一直持续到深夜。可今年的除夕不同了，我重任在肩，无法融入大家的欢乐中。匆匆回到老家跟爷爷奶奶打了个招呼，就又匆匆返家，把自己关在屋子里伏案学习。为了免受打扰，串门的亲朋被我们一概客气地谢绝了，他们带着错愕离开了，但我的态度依然坚定。我像咨啬鬼葛朗台一样精心计算着自己的时间，榨干每一寸光阴的价值，绝不容许一丝浪费。我坐在小屋中，客厅里传来春晚的欢歌笑语，我却岿然不为所动，埋首于书本试卷中。这一晚，我坚持学到了十一点。

后来我常常在公益演讲中提到这件事，告诉大家我因备考而错过了整个除夕夜。我之所以对这件事记得深刻，正是因为它具有特别的意义，它代表了一种艰难的取舍。除夕作为全年最重要的节日，对我来说一直象征休整和团聚，错过除夕从来都是不可想象的事。直到如今，所有的除夕中我也仅仅错过了一次，正是 2015 年的这一次。

初一那天，我省去了一切拜年活动，回到老家跟爷爷奶奶吃了饺子，就闷在小屋里继续读书。天寒地冻，小屋子里呼出的气息都化作白雾，这份寒冷反倒有助于我的清醒。大年初一我也照常完成了 4 套卷子，并在晚上整理了错题，一切顺利。一刹那间，我想：这个年过得真没味道啊。可也不是全然没有味道，因为有苦涩，也有苦涩中的希望。世界上最甜美的是什么？就是希望，因为希望是被苦涩包裹着的甜美，你需要忍耐住苦涩的外壳在嘴里慢慢融化，才能盼来最甜的部分。

初一过去，开学的日子就渐渐地近了。我彻底进入了规律的状态，沉潜在精神世界的海底默默游弋。36 套卷子完成大半，知识的仓库走向充盈，像是舰船有了压舱石，风浪就不足为惧。似乎是"从心所欲不逾矩"，我不再觉得自律是艰难的事情，而是自然而然，顺应着恰当的节奏。胜利就在眼前了，我要做的就是沉潜沉潜再沉潜，拥有千年古树一样的淡然。

每天的生活规律到极致：早晨六点钟醒来，在客厅做晨操，拉伸全身筋骨；早饭一般是面包煎蛋牛奶，偶尔是清粥。吃罢早饭就朗读自己积累的语文和英语资料，培养语感。朗读三十五分钟，着手做上午的两套卷子，限时完成。中午吃过午饭休息一小时，两点钟开始做下午的两套卷子。吃过晚饭看看新闻，然后整理试卷错题至十一点钟睡觉。这样的日子周而复始，循环往复，就像在修炼独门功法一样。我的力量随着这种循环与日俱增。

虽然努力，我却没有自我感动，依然保持着清醒。我从来都没有爱上过竞争，也没有欣赏或者玩味过自己的拼搏，我觉得为努力而努力是一种病态的心理，我努力仅仅是因为我希望用努力去获得一些有价值的东西。我想起文化学者渠敬东发表过的思考："当代的教育已经陷入了全面竞争状态，省与省，校与校，个人与个人。在无处不在的丛林中，每个人必须在每一刻胜出才能胜出。"这段话点明了当代教育的弊端，当代青少年读来绝对会椎心泣血，可是竞争又何止存在于教育之中？竞争也存在于社会的各个层面，考证书、考编制、考公务员，拼业绩、拼加班、拼人脉资源，我们的社会已经是无限竞争的社会了。

若我有通天才智，应不必费尽力气；若我有百亿家财，又何必如此劳累？可人间没有许多假设，只有现实。竞争本来非我所愿，谁愿意千军万马独木桥、一将功成万骨枯？可是时代如此，制度如此，身为个体必须选择适应。如果不是高考制度，这些年中国也不会有上亿的大学生、上千万的研究生和上百万的博士生。在中国从人口大国走向人才大国的道路上，伴随着无数青春学子的惨淡经营、苦心孤诣。

因此，虽然是抱着超越他人的目的努力着，我突然又觉得被超越的不是别人，而是过去的自己。我试着反抗"成为人上人"的心态，希望自己奋斗的目的更单纯，即仅仅追求自己的精神和物质两方面的幸福生活，而不是相对于他人的优越感。我赞同渠敬东教授对教育功利化给出的答案："意识到自己的功利，并永不妥协。"

寒假终于落幕了，同学们带着不舍、愧疚、惧怕，或者坦然、期待、斗志，回到了战场。返校当天，学校出现了罕见的混乱，绝大多数同学只完成了假期作业的70%，还有些同学只完成了20%，由于作业完成情况实在太差，各班班主任也很有默契，不再追究。班级内瞬间充斥着活跃的气氛，同学们纷纷长舒一口气，彼此交流起寒假的生活。这一瞬间，我觉得自己不是生活在衡中，也不是生活在高三，而是在经历一个寻常假期过后的开学。毕竟是少年，生活在所谓"魔鬼学校""高考工厂"，也改不了爱玩爱闹的本性。人性本就容易放松，有谁生来喜欢埋头苦读呢? 我若不是咬紧了牙关憋足了劲，也撑不下这个假期。

幸运的是天道酬勤，努力总有回报，我在开学头一次考试中考到了年级第四名，实现了挤进前五名的突破。老师拍着我的肩膀对我说："你算是加入'清北俱乐部'了。"我激动得红了眼眶。此时我心中想的其实不是清华，也不是北大，而是我一直心向往之的北京外国语大学。我与北外虽无实际的交集，却有心中的因缘。由于我与北外之间日复一日培养的情感联系，我早就把我未曾踏足的北京外国语大学想象成了一个浪漫的圣地。我想象异国的情调、曲折的街巷、珍奇的瑰宝、奇特的建筑，也想象陌生的语言和古老的文字。后来我去北外游览，发现校园很美，却与我想象的大不相同，甚至有些失落。原来梦最怕的是现实，倘若梦不曾与现实对照，就能永远轻盈翱翔，不会套上沉重的枷锁。

虽然成绩很好，但我没有情绪波动，没有骄傲或者轻敌。我知道我不曾超越什么，我只是赶上来了而已，从高一入学的500多名到如今的年级前五，一路蜿蜒崎岖，逼近顶峰，其中几多艰险困厄只有自己清楚。越是来之不易，越要加倍珍惜，我稳住心神，继续向绝顶攀登。

13 向着山顶，冲锋！

一轮复习就这样落下了帷幕，我庆幸自己抓住了黄金时期。倘若一轮复习存在缺漏，必定波及二轮三轮。一轮复习又称"地毯式复习"，讲究的是详尽。战术里有地毯式轰炸，要把一块地炸得寸草不生；刑侦里有地毯式搜查，要详细到连猫毛和菜叶都不放过；所以，什么叫地毯式复习？就是不放过任何细节的复习。很多人高中前两年基础不牢，知识都忘光了，一轮复习就很艰难。但越是艰难越要迎难而上，凤凰浴火方可重生。我后进生出身，高一和高二的底子不算牢固，这也是为什么一轮复习的前半段我如陷泥沼。但是最艰难的时候我没放弃，咬咬牙，挺住了，前面就是海阔天空。高三压力大，人人都知道；但是高三哪一段压力最大？是一轮复习。一轮复习从高二下半学期就已经开头，到高三下半学期才收尾，算得上整个高中学习生涯最雄壮的乐章。一轮复习结束了，高考的游戏也已经基本定局了。

我在高三时体重维持得很好，主要得益于前两年的经验。我以前常常由于用功而忘记吃饭，导致身体消瘦。高二下半学期最瘦的时候我甚至只有一百零几斤，在同学们眼中就像个骷髅，走路都没力气，爬两层楼就要歇一下。有过这样的经历，我总结了几条原则：按时作息，晚上什么也不想，迅速进入睡眠状态；早饭一定要有鸡蛋和牛奶，认真吃完；跑操不请假，坚持认真跑完；午餐和晚餐不吃生冷、油腻和辛辣，免得肠胃犯病。坚决执行这几条铁律之后，我的身体没有出过什么问题，学习有了强大的保障。

我前两年都是在老校区就读，高三是头一年在新校区就读，这也是新校区建成之后首次交付使用。我们变成了"拓荒者"，第一批感受新校区的优势与不足的人。作为斥巨资建成的校区，新校区的确有着近乎奢华的配置。每个教室两台立式空调加一部中央空调，每个宿舍一台壁挂空调加一部中央空调，每个宿舍配备两个独立浴室和两个独立卫生间。食堂也是之前的四倍规模，两层楼五十个打饭窗口。单从硬件来说，处处堪比大学。

可是劣势也很明显。骤然扩大的校园面积冲击了既有的管理体系。由于教学楼离宿舍太远，级部老师们变得怠工了，午休常常无人盯梢，导致纪律逐渐松散。发觉漏洞的学生们纷纷放弃午休抓紧学习，衡中一以贯之的午休制度遭到破坏。后期校方发现问题后及时调整了作息制度，整肃风气，才有所改善。但是整个高三期间，中午真正午休的人数始终只有不到30%。

同时，新校区地处僻静荒野，周边生态环境很好，却也因各种昆虫而造成麻烦。比如开学不久的一个晚自习，由于教室窗户留了缝隙，小虫纷纷趋光而来，等到发觉时，同学们的背上、腿上，还有教室墙壁和光源处，都聚集了大量的飞虫。我们提前回到宿舍收拾，导致晚自习直接报销。停电问题也发生过几次，每次都导致了学习时间的缩短。

对我来说，高三还有一个颇为遗憾的事情：我不能够再借书了。按衡中规定，高一高二可以在图书馆自由借书，但高三就不行了，必须全身心投入课内学习。对我来说，这是阅读的终结。高中尽管课业繁重，可我始终给阅读留下一片空地，因为阅读意味着心灵的诗意栖息。阅读对课内学习也大有裨益，我早就发现语文学习的终极方法不是刷题，而是回归阅读本身。高考语文试卷上需要阅读的字数越来越多，可以使用的套路越来越少，勤奋阅读的人正在获得越来越丰厚的奖赏。我的老师曾说："如果世界上真存在什么万能套路可以让学生不读原文就能把阅读题做出来，高考的阅读题就毫无存在的意义，还不如从此消失。"他强调，从今而后，任何阅读题的关键一定是读懂原文。

所谓阅读能力分解开来就是三种基本能力：

1. 提取信息；

2. 分析概括；

3. 阅读速度。

而决定这三种基本能力的要素就是阅读的广度和阅读量。

对同一个方向，比如科普，读过一百篇科普的学生肯定比只读过一篇的学生要熟练，对于文章概要的总结和细节信息的提取也会更精准。概括而言，一个涉猎科普、历史、文学、哲学的学生，肯定比只读文学的学生的整体阅读能力更强。所以数量和广度缺一不可，而且数量和广度必须是在保证质量的前提下才能作比较，倘若只是囫囵吞枣、走马观花，那么阅读也就只剩下形式了。因此，我在阅读的时候往往要做读书笔记，确保自己读书读得有质量，能够吸收知识。

尽管高三不能够继续借书，但是两年来我精读、泛读过的书已经超过了百本，加上幼时的积累，底子已经十分扎实了。不过，停止借书依然让我悲伤，因为我在借书的历程中结识了图书馆的姚老师，如今却不得不与他分别了。姚老师不曾站在三尺讲台上为我讲述过什么，却在聊天里教会我很多。所以关于姚老师的点点滴滴我都记得很清楚。

与姚老师结识是在高一的时候，彼时我在成绩颇有起色之后就挤出余闲阅览课外书籍了。由于洞悉到语文成绩的关键在于阅读，我抓住一切可以读书的机会扩大输入量。大概在我借阅书籍已经半年的时候，主管借阅的老师突然问我："世界上有三位伟大的犹太人影响了世界，你知道吗？"我下意识回答："爱因斯坦，马克思……还有谁呢？"老师温和地一笑："是弗洛伊德。"我感觉到这位老师很有文人气，姿态放松下来。这位老师自我介绍姓姚，全权负责图书馆事务。

姚老师打开了话匣子，一点一点讲起自己接受委任后从零开始采购图书馆的书籍，去各地书店广泛搜求有价值的书籍，还为所有的书籍编订了索引。姚老师大学主修图书馆学，所以这个图书馆里所有的架构和索引都是他一手构建。如今这座图书馆里有文史、有社科、有科普、有传记，古今中外咸有陈列，可谓麻雀虽小五脏俱全了。

姚老师问我最喜欢哪个书架，我指着马列主义著作的书架说："最喜欢这些。"姚老师露出赞许的神情，他说："学习任何一种思想和主义，都要看到背后活生生的人。马克思晚年为什么要研究民族学和人类学？因为真正伟大的学者都是不断超越自己的，他们不会枕在过去的学说和理论上睡大觉。"

我说："我最喜欢列宁的《哲学笔记》，我发现列宁的思想有高度的灵活性，他学习马克思，但不是盲从马克思，他随时准备为了革命的现实而调整自己的思想体系。对他来说，实践与理论不存在鸿沟。"

后来我每次借书都会跟姚老师聊几句，聊书籍的版本，聊名家的思想，也聊衡中的生活。姚老师是我见过最有书卷气的人，年近四十却有着少年般清澈的眸子，始终穿着熨烫整齐的西服，说话温和轻柔。我唯一一次见姚老师生气，是两个学生破坏了书籍却争辩说"借来的时候就是坏的"，让姚老师大发雷霆。后来姚老师说："弄坏了书，哪怕用胶带粘一下也好，可是他们就这样子拿过来，还睁着眼睛说瞎话，这样的学生以后还不知道要破坏多少书籍！管理图书馆真的很难啊，不仅要跟书籍打交道，还要跟人打交道，人比书籍复杂了百倍。有的事情我不知道怎么处理，比如很多老师借书给自己孩子看，却不走流程，现在电脑里查不到是谁借的，很多书就这么丢了。《源氏物语》一共四册，第一册始终没有还回来，光留下后面的三册，学生们想看也没法看，我该怎么办！"姚老师嘴角的胡茬罕见地没有刮干净，脸色通红通红的，眼睛里满是委屈。我轻轻拍拍姚老师的后背，说了很多安慰的话。夕阳下山的时候我送姚老师走出校门、骑上回家的单车，看着他的背影渐渐远去，眼前仿佛出现了蒙克的《呐喊》。呐喊有何用呢? 喊声再大，却难消解一个纯粹的人在这个复杂的人世间所经历的无奈。

新校区的图书馆面积是之前的很多倍，堪比大学图书馆，但是绝大多数的书架还空着。我来到了新校区，姚老师也调来了新校区。但我是高三的学生，不能借书了。而且很快，我能够与姚老师偶尔聊天的时间也要丧失了。我最后一次来到图书馆，已近黄昏，灯却关着。脚步声回荡在空旷的空间里，姚老师的身影出现在巨大的木制柜台后面，腰半弯着，阴暗的光线让人产生错觉，仿佛看到一个苍老的人。姚老师看了我一会儿才认出来，苦涩地笑了笑，说道："回去吧孩子，考上大学再尽情看。"我无言鞠了一躬，转身离开。那是我最后一次见到姚老师。如今六年过去，不知道姚老师是否早已把书架填满了，不知道他的生活是否顺遂，工作是否称心。尽管北大图书馆宏伟浩瀚、美轮美奂，可我始终挂念着当年那一间小小的图书室，幽幽墨香时而还会缭绕在鼻尖。

时间渐渐逼近百日誓师了。我此时依然担任着团支书，负责"每周之星"的评选工作。长期的工作经验让我知道，"每周之星"的评选要结合班级内部的氛围来进行，而且也要和团支书自身的心境相结合，才能写出感情充沛的文案，起到激励的效果。思虑再三，我选择了"持久"这个词作为标题，将班级里成绩始终稳定、不骄不躁的"机长"列为持久之星。在即将开始百日誓师的剑拔弩张之际，在面对高考压力山雨欲来风满楼的高三下半期，在全年级回荡着冲锋、逆袭和燃烧这类字眼的时候，持久二字格外醒目。其中有何深意？是要告诉所有同学，如今是马拉松的最后一公里，固然需要加速奔跑，但更需要稳住心神，铭记自己三年的拼搏，不忘自己为什么出发。大敌当前，谁能静，谁就能赢。

对我来说，百日誓师已经是过场。台上声嘶力竭，耳边山呼海应，真的只是万丈豪情？不，还有面对恐惧的挣扎。走夜路的人要唱歌壮胆，而高考更厉害，它明目张胆地逼近，毫无仁慈，毫无温情。试问谁不浑身冰冷？所以才要用呐喊驱散心底的寒意。但请不要因此而看轻了这份逼出来的勇敢，因为一代代高考人正是这样走过了人生中孤立无援的岁月，走向了改变命运的主战场。我此时已经释然，虽身处呼喊之中，却没觉得激动，然而我的心与所有人相通。我清楚地听到了，这呼喊声里有无限悲喜，这呼喊声里有极致渴望，这呼喊声里有十二载寒窗的沧桑。

凤凰浴火，鱼跃龙门，天地风云，倏忽变色。这一百天风驰电掣，这一百天杀气腾腾，这一百天举步维艰，这一百天危机四伏。时间进入炎热的盛夏，暑气蒸腾，阳光一天天炽热而火辣，豆大的汗珠出现在我们的额头。有时头脑发昏，便放空一阵，再度精神焕发。有时心绪纷乱，于是想想目标，便又一往无前。此时的成绩就像是过山车，时而高得可怕，时而低得吓人，我最高考到了年级第二，最低跌出了70名开外。

跌出70名开外是在二模的时候，班主任把我叫到了办公室。他把我填写着"北京外国语大学"的志愿卡摔在桌子上，眼睛喷射着怒火说道："知道你这次为什么考这么差吗？看看你自己填的志愿卡上面写着什么，还不快给我改了！"我无奈地点点头，没有辩解什么。我已经是接近成年的人了，知道有些事情不必在意，大敌当前，免起冲突为上。我虚心地问班主任："那您看我应该填什么比较好？"班主任语重心长："定目标啊，肯定是要往高处定，你的水平超出了北京外国语大学很多了，就不能再定北外，要定一个连你自己都不太敢想的目标，才能激励自己！"我微笑颔首，回去就在志愿卡上写了"哈佛大学"四字。班主任发现了我这个小小的玩笑，也只好摇头苦笑了。

考前一共三次模拟，第三次模拟考试我再次拿到年级第二、班级第一的成绩。到了此时，已经没人关心我的成绩了，大家都只盯着自己的卷子拼命找不足。这时候不需要激励，不需要榜样了——骏马已知韶光贵，不待扬鞭自奋蹄！课程停了，考试停了，最后的十五天里只有自习。不懂的题可以随便问，老师们列成一队等候在走廊里，严阵以待。

很快，走廊里就排起了小小的队伍。我碰不到什么不会做的题，就没有去问，而是认真揣摩自己积累下来的错题。

我的错题集从高一就开始积累了，但养成整理的习惯十分艰难。初中的课业知识浅、难题少，错题听一遍就差不多领悟了，自己再算一遍知识就内化了，所以整理错题的习惯一直都没有养成。其实并不是所有初中知识都这样，只是因为我在初中学得太浅，没见识过立体化的知识架构，也正因此在衡中吃了大亏。到了高中，我立下志向要加强整理，建立起自己的错题体系。

起初我对各种题不加区分，只要是错题就一概整理，可是弊端很明显：需要整理的错题太多了，时间占用过多。且不论整理这些错题需要多少时间，就算整理完了也没有时间复习这些错题呀！这让我真不知如何是好，不过交流是学习的法宝，所以我果断向班里的学霸们（当时没想到自己会成为其中一员）虚心请教。我一直觉得"老师"二字的定义不只是职业，而是指一切能够帮到自己的人。碰巧当时我比较熟识的王泰是一位平易近人的学霸，脸上总是挂着单纯阳光的笑容。我去向他讨教，发现自己找对人了，他一五一十把自己积累错题集的经验告诉了我。我觉得人与人的影响存在着链条，而且这种链条往往带有正负两种性质，王泰把一条正向的、乐于分享的链条传递给我，所以我后来也格外热衷于把自己学习的经验和方法传递给别人。倘若我遇到的是一个心胸狭隘、拒绝分享方法的人该怎么办？恐怕我也可能对交流学习经验、分享学习方法这件事失去热情吧。

我对王泰的基础方法进行逐步改进，发现改错本的整理有两大前提和三个步骤。

第一个前提是，只有因为不懂而做错的题才整理，因为马虎而做错的题是不整理的。如果一道题因为马虎而做错，过错点并不在这道题本身，而是在于审题习惯和演算习惯。正确的审题习惯是划出重要条件、提取完整信息之后进行答题，常言道"慢审题，快答题"就是这个意思。正确的演算习惯是在草稿纸上写清题号、逐行演算，方便验算。由于习惯而导致的错误我们不必整理，因为使用改错本的目的是把不懂的题型彻底搞懂。

第二个前提是，要对题目考到的概念有足够的了解。对概念了解，却没有把题做好，说明题目确实有值得总结的地方。对概念不了解，把题做错，就纯粹是由于知识的漏洞了，与其整理题目，不如夯实基础。

确立了两大前提，其实就是厘清了错题整理的范围，该整理的要整理，不该整理的直接跳过，不浪费一分一秒。所以后来在整理的过程中，我每天整理的时间大概就是一小时，各科都整理五道大题左右。

错题整理有三大步骤。

第一个步骤是将选定好的错题整理到错题集中。很多人纠结要不要手抄题干，我的建议是不必手抄，因为题干有简单的有复杂的，没必要全都抄一遍。但是答案是必须要自己手写的，因为手写过的答案能够留下深刻印象，而且参考答案往往都不全面。根据我的经验，理科题目的参考答案往往步骤简略，需要我们补齐，否则会影响做题的思路；文科题目的参考答案往往条目不全，毕竟文科的采分点是有一个范围的，只要是与范围沾边的我们都应该写上才对，如果像参考答案一样只写三五条，我们得分的概率就大大下降了。所以针对参考答案，一定要有一个补全的过程。在错题集的每一页的右边记得留下一列空白，这个空白是用来写难点、亮点和同类型题目索引的。

第二个步骤是复习与总结。错题集一定要经常复习，我高中的时候一旦得闲，手中一定拿着错题集反复揣摩。孔子有所谓"韦编三绝"的典故，是说手拿《周易》勤奋翻阅，不禁把穿竹简的牛皮翻烂了。我的错题本在翻阅中也渐渐变得"惨不忍睹"，需要用胶带粘合才能固定。经典的题目就像名画和好诗，不经过千百次的揣摩就不足以发现其妙处。看得多了，就有灵感心得，我就赶紧记在每一页的空白栏内。如果我发现错题本中有两道题十分相似，我就会在这两道题旁边的空白栏写上索引，方便对照观看。

第三个步骤是洗题。每当一个本子整理完，总会发现这里面有很多题目不像自己当初想象得那么难，我会把这些题目划掉，不让它们继续占用自己的精力。这样一来，一个错题集里大部分题目都会被洗刷下去，我们就可以把剩下的题目剪下来，粘贴到一个新本子上。有时候四五个本子经过合并，就变成了一个本子。特别是到了高三，错题集的数量既在增加，又在减少，经过逐渐精简的本子使用起来更加方便。

高考之前我手里有几册错题集呢？数学、政治、历史、地理，四本。我从来不整理语文和英语的错题集，因为这两科主要靠阅读与积累。而其他四科的错题集本来足足有几十本之多，但是经过洗题与合并，最终都只有一本了。这一本就是真正的精华，代表了自己掌握的所有题目的最高水准。我在高考前反复揣摩的就是这四本错题集。

距离高考仅剩十五天了，气氛变得静谧而压抑。这压抑中隐藏着跃跃欲试，混杂着躁动不安。十五天，就要上战场了，到时候揭晓的不仅是三年的成果，更是十二年寒窗苦读帷幕落下后的大结局。以后的人生各凭本事，学霸未必比学渣发展得好，但是高考一役的确会重新定义人生的起点坐标。我已经全盘确定了冲刺计划，以揣摩经典错题为根本，以夯实基础知识为支撑，以定量接触新题为突破。信心充沛，胜利的曙光就在眼前。

14 考前的危机

此时，异变突生。我突然无法集中精力，精神疲惫而涣散。有时一愣神，整节课就在发呆里过去了。到了晚上，则是难挨的困倦，撑到十点钟往床上一躺就睡着了。铃声一响，眼睛睁开，新的一天又是疲惫难熬。

这种状态并非第一次出现。在高二的时候由于太过刻苦，我有一个星期的时间陷入这种状态，幸好在考试之前恢复了，成绩没有砸掉。但是竟在高考之前遇到这种情况，我的心沉到了底：短短十五天，能不能够恢复？之前精神实在绷得太过紧张了，特别是一轮复习前半段的疲累一直隐隐封存着，没有宣泄和缓释。寒假的逆势加压又进一步增加了精神深处的隐形负担。如今高考在即，精神萎靡，让我想到一个不好的词：强弩之末。为这一场考试我等待了多少年，又付出了多少心血，焚膏继晷地刻苦奋斗，悬梁刺股地读书做题，难道此时战鼓未鸣，败局已定？——嗟乎，苗而不秀，秀而不实，岂不痛哉！

我无可奈何，只有好好吃饭好好休息，等待事情出现转机。高考越来越近，很快，距离高考就不到十天了。这感觉像什么呢？像乘坐封闭电梯逐渐滑落到虚无空间，轻飘飘的，空荡荡的，无处可逃，只有无限的滑落、滑落……绝望的感觉试图侵袭我，放弃的念头开始围攻我，但是我不屈服。经验告诉我，胜负存亡只在一心而已，只要心不死志不灭，终能柳暗花明。

整整十二天过去，在距离高考只有三天的时候，我的精神终于复苏了。思考逐渐顺畅了，思维逐渐敏锐了，疲倦一扫而空。

此时仿佛厮杀声已在耳畔，夜里梦到铁马楼船、连城风雨、寒光金甲、百万雄兵。若不战则已，战则必胜！教室里的东西收拾好了，一箱一箱地往外搬，我整日伏案用功的地方，将成为不见硝烟的战场。气氛到这一刻，紧张到极致，反而显出了三年来都从没有过的释然。大家似乎都解脱了，脸上是平和的神态。一个上午的工夫，我们就把所有复习资料转移到了临时用来当作备考场所的自习室里。班主任像个即将出征的大将，瞪大双眼站在黑板前，宣讲考试的注意事项：

第一，不准作弊或协助他人作弊！

第二，不准提前或者滞后答题！

第三，会做的题都要写上，不会的题也不许空着!

第四，最后一场考试结束前，任何人不许交流答案!

老师大喊："记住了吗?"

我们立刻大喊："记住了!"

车辚辚，马萧萧，再也没有什么能够阻挡我们了。如果几天之前还有人怕高考题太难，那么现在绝对没有人这样想了。题如果难，其他人岂不是一样的难? 如果简单，其他人岂不是一样的简单? 所以我们的态度很明确：易，谨小慎微；难，奉陪到底。总而言之，不丢任何冤枉分。

高考前一晚有多少人失眠? 在 6 月 6 日的这天晚上，或许有超过百万的高考生辗转反侧。失眠的人未必考得不好，我有一位学姐失眠到了凌晨三点也考了全省第四，可见个人的潜力不因偶尔睡眠不足而受影响。但失眠至少是痛苦的，所以我很庆幸自己免于这份痛苦。在马上迎来高考的这个晚上，我睡得很香甜，心灵放松，头脑处于最佳状态。面对大事或者紧要关头的这份镇静坦然，始终是我生命中强大的助力。若论为何我能够镇定自若，大概除了十二年寒窗积攒的实力之外，还有一个重要的原因：我输得起。输了这次，我就越挫越勇，下一次加倍地找回来。我敢追求最好的，也能承受最差的。所以我的态度简简单单：生死看淡，不服就干。

15 高考：心态，实力，策略

6月7日清晨六点钟，铃声比平时轻柔许多，我被舍友拍醒了，看到大家都已经收拾齐整。他们脸上有些许不安——我后来在纪录片《他们已不再变老》里看到过类似的表情，那是即将发起人生第一次冲锋的士兵脸上的表情。

高考最重要的是平常心，也就是与平时一样心中无得失的状态。从起床开始，我刻意让这一天的活动与平时一致。我起身穿衣，把被子像往常一样叠得整整齐齐。床单铺平，不留褶皱。洗脸刷牙，清爽利落。打扫宿舍卫生，干干净净。因为这一天学校没有安排跑操，所以我去操场慢跑了两圈，模拟跑操的感觉。跑完之后稍事休息，吃完早饭，我感觉自己的状态是放空的，仿佛深林飞鸟，青崖白鹿，自在独行，心无旁骛。

我缓步走向考场，监考老师已经在门外准备检查随身物品了。探测仪器在身上过了两遍，没有响，老师给出一个允许的示意，我拿着文具盒进入了考场。进入考场的时候我感觉到一丝不对劲，却找不出这不对劲的感觉来自何方。环视两圈，我终于知道哪里不对劲了——我是全考场唯一的男生。衡中男女比例均衡，考场里足足三十人，只有一个男生的概率也太小了。发生了什么？

我心生疑窦，又看到这些女生大半带妆，心里有了猜测——她们都是艺术生。至于我为什么进入艺术生的考场，理由很不寻常：我也是艺术生。

这事要从半年前高考报名说起。衡中凡事讲究效率，高考报名属于不得不走的程序，既然不能直接提升分数，那就干脆让级部老师带队到电脑机房里速战速决。我轮到第三批，进去还没坐稳就被催着赶紧提交。我脑子里还在思考着题型呢，突然来选考试类别，就慌里慌张地选成了"艺术类"，提交了。可惜身边没有老师陪同，带队的级部老师又一脸不耐烦地催促，我顾不得询问和修改，直接离开了。

回到教室，我跟班主任说了此事，班主任皱皱眉头说："你该选普通类，不是艺术类，但是按说都是同样的卷子，不影响录取……你安心备考吧！"我便放下心来，把这事忘了。

如今在高考考场里，我想起了半年前的事情，才明白自己确实是被安排在了艺术生考场。桌角上摆着我的准考证，上面也清清楚楚写着"艺术文"三个字。衡中的艺术生女多男少，这一考场全是女生，我便是"万红丛中一点绿"了，不知怎么的，我感到一丝荒诞。既来之，则安之吧！我默默坐下来复习知识。

正复习着，前面一人扭过头来。我一看，这不是老同学竺榕嘛！竺榕本来是我同班同学，后来分班的时候就不知道去向了。如今考场相遇，我才知道竺榕成了艺术生。竺榕个子高，几乎跟我一般高，站在女生堆里鹤立鸡群，但是她的性格却不是大姐大的性格，而是内敛沉静，甚至有些敏感。我本来身处艺术生考场多少有些压抑，遇到老相识，心情就轻松了许多。我把书合上，跟她聊了几句，她告诉我艺术生的一些苦乐辛酸，我顿时觉得大家确实都不容易，生在了人口众多的大国，想要得到机会就只有努力一途。我们约好先考试，中午再聊，现在趁着还没收书，尽量多看些知识。有人也许会问，高考考场怎么能有心思聊天？我想说，高考最需要的是平常心，所以做事要讲究放松和中庸。见到老同学，一声招呼不打就埋头复习，这是不正常的，一聊起来就没完，越聊越兴奋，也是不正常的，平常心应该是一种自在的、不拧巴的状态。

又低头复习不一会儿，就收书了。书一收，气氛肃静起来，马上将有一套卷子发下来，这张卷子会决定高考分数的五分之一，命运就此分野。卷子上会有怎样的题，会和自己平时练习的相差无几，还是大相径庭？再想下去，我的脑中似乎要有阴影闪过了，于是我深呼吸，调整念头，进入"空"的状态。

卷子终于发下来。此时还不能答题，我先大致浏览了卷子，发现大部分题目与平时所练习的没有差别，便准备长舒一口气。可是看到作文题目的时候，我立刻瞪大了眼睛：竟然是书信体。

我敢打包票，没有哪个人在见到题目的一刹那心中不震动，因为我们此前没有接受过书信体的写作训练。在全国对高考趋势追踪预测最精准的衡中尚且没有针对性地训练过书信体，那么其他学校也就可想而知了。

怎么办？心里没谱。先不理它，把前面的题做了。我做起语文来不怵头，因为这三年来除了课内学习，我还花了大量时间积累课外阅读量，练出了硬桥硬马的真功夫。

这些年来语文试卷正向着"让15%的考生读不完卷子"的目标进发。试卷上的字数逐年增加，从七千到一万，再到一万二，若无根底，断难通读。温儒敏教授指出，中国人目前的平均阅读量存在短板，在大部分人的视角里，阅读只不过是语文学科下的一个分支题型，占据总学习时间的九分之一都不到，可是实际上，阅读是我们一生中获取各种门类知识（包括理科）以及生活信息的最主要途径。其他所有途径，无论是听课、讨论还是视频，都不能像阅读这样广泛而高效地传递知识和信息。小到你小区里张贴的通知告示，大到学术界的重量级论文，但凡传递信息，都离不开阅读。所以我们才会看到语文试卷上出现了科普文章、时效新闻、名人传记，因为阅读从来不仅仅是文学阅读，阅读关系到你与这个世界的互动方式。

而且现在的考试不仅是通过阅读题来考阅读，更是通过作文来考察阅读的深度了。譬如 2020 年全国一卷语文作文的材料：

春秋时期，齐国的公子纠与公子小白争夺君位，管仲和鲍叔分别辅佐他们。管仲带兵阻击小白，用箭射中他的衣带钩，小白装死逃脱。后来小白即位为君，史称齐桓公。鲍叔对桓公说，要想成就霸王之业，非管仲不可。于是桓公重用管仲，鲍叔甘居其下，终成一代霸业。后人称颂齐桓公九合诸侯、一匡天下，为"春秋五霸"之首。孔子说："桓公九合诸侯，不以兵车，管仲之力也。"司马迁说："天下不多（称赞）管仲之贤而多鲍叔能知人也。"

班级计划举行读书会，围绕上述材料展开讨论。齐桓公、管仲和鲍叔三人，你对哪个感触最深？请结合你的感受和思考写一篇发言稿。

这道作文题有着极深的思辨价值，看起来是讲管鲍之交，令人联想到友情，可是通篇的重点根本不在管仲与鲍叔牙的私人关系。从管仲角度来立意，就要看到管仲最大的闪光点是能力高强，在其位谋其政，所以可以提炼出"敬业"的立意；从齐桓公立意，很多人写宽恕，这是不行的，因为材料中仅仅提到了齐桓公对管仲的宽恕，然而齐桓公宽恕管仲的理由是管仲能够帮助齐国成就霸王之业，而不是因为齐桓公本身就有容人之心，所以从齐桓公角度提取出的立意应该是善于听取意见；鲍叔牙更加复杂，一旦把立意写成友情就会离题万里，因为就连小学生都知道，班长不能把自己的位置让给自己的好朋友，而应该让给更适合当班长的人，鲍叔牙愿意让位也是因为他了解管仲的才能，所以鲍叔牙的优点在于知人善任、甘居人下。但是到此为止了吗? 再想想，就发现没这么简单。

材料里提到三个人，但除了三个人之外，还有第四个主体——齐国。齐国是三个政治家的祖国，也是他们为之奋斗的对象，管仲之所以鞠躬尽瘁，是因为要让齐国富强，齐桓公之所以任命管仲，是为了齐国富强，而鲍叔牙甘居人下退位让贤，更是为了让齐国富强! 齐国是什么? 是一个春秋时期的诸侯国，但更代表着一个集体。无论是管仲、齐桓公还是鲍叔牙，都是为了这个集体而奋斗的。

这就使我们联想到今年（2020年）发生的最大事件：疫情。稍微有点时事意识就能发觉，我们今年谱写的抗疫史诗，正是千千万万中国人舍小家为大家的集体观念铸就的。所以写这篇作文，不提疫情不行。可是到此结束了吗?

深入思考还会发现，疫情不是中国一国之挑战，更是全球之患难，所以面对疫情的挑战，只有全世界都像中国一样强调集体意识，树立起"人类命运共同体"的坚定信念，才能团结一致共克时艰，管仲齐桓公鲍叔牙这个两千多年前的故事，说的是今年的寰球局势!

到此，才能了解到这篇作文的深意，才能正确立论，写出高分。这样的思维深度只能通过阅读来获得，因为阅读能够使人化历史为现实，化具象为抽象，准确判别出言语的意义，表达出深刻的思想。

2020年的北京卷作文题目同样包含了这种双层结构：

2020年6月23日，北斗三号最后一颗卫星成功发射，整个系统55个卫星织成一张"天网"，每一颗都有自己的功用。以材料"每一颗都有自己的功用"为话题，自选角度，自拟题目，写一篇议论文。

看起来很简单，就是强调每个人都有自己的独特性，可这是2020年的高考题目，就必然与疫情产生关联。所以我们带着思辨的态度再读一遍材料，就会发现一个被忽略的点：每一颗卫星都有功用的前提，是它们都属于55颗卫星所组成的"卫星集体"，所以聪明的你一定明白，这也是在"发挥个人价值"的背后嵌入了"个体与集体关系"的内涵，所以写文章的时候依然要提到疫情，可以谈各行各业人士在疫情中的不同作用，共同助力了抗疫的胜利；也要提到各国都有自己的作用，如果各自发挥作用，就能扑灭疫情；如果各自为战甚至以邻为壑，疫情就将难以平息。这样写，高度必然与众不同。

话说回头，我在2015年高考考场上，没有遇到如此巨大的挑战，也不知是幸运还是不幸，我反而期待着更大的挑战来证明自己的实力。

在考场上，我遇到的第一道题就是论述文。论述文作为高考的桥头堡，称得上是"心态杀手"，如果心态本就不稳，再遇上逻辑艰涩、概念生僻的文章，整场高考的心态都有可能崩盘。我在考场上遇到的论述文是《宋代信用的特点与影响》，属于历史类的学术论文，作者是西北大学的学者王芳，刊登在光明日报2011年第11版。初读之后，我对这篇论述文的观感是：逻辑明晰，概念陌生。宋代作为一个朝代自然是知名的，人人都能说出几个关于苏东坡、岳飞的故事来。然而"信用""质押""赊贷""汇票"这样的概念大量充斥其间，与宋代历史相结合，理解难度就呈几何级上升。我对这些概念不算熟悉，可是拜阅读量所赐，理解新概念的能力很强，所以很快知道了文章想要表达的意思。比如我虽然不懂质押，可是文中解释了"质属于动产担保，它必须转移动产的占有；押属于不动产担保，通常将抵押物的契约交付债权人即可"，我就很快理解到，如果我要把数码相机、金银首饰抵押给某个人，我应该把这些物品交给他，因为这些东西容易挪动；如果我要把房产、土地抵押给某个人，我就只需要把房契、地契交给他。

我也曾经遇到过概念易懂但是逻辑艰涩的文章，比如王小波的名作《思维的乐趣》，这篇文章出现在试卷上的时候让衡中尖子班的同学们都止不住挠头，因为逻辑太诡异了：看起来说的是 A，其实说的是 B；看起来是说 A 很好，其实是说 A 不好。然而正是这篇让尖子生全军覆没的文章，让我更加坚定地选择扩大阅读面。如今千锤百炼下来，我面对各种类型的论述文都有底气了，十分钟把文章通读下来，然后用五分钟对三道题稍加思索，就笃定地选上了答案。

论述文结束了就是文言文（这种格局在 2017 年之后进行了变动，论述文和文言文之间插入了文学类文本和实用类文本），我对文言文亦是成竹在胸。小时候我接触了文言文学习的殿堂级著作《古文观止》，从此把古文作为人生的一份热爱。从先秦到明代，古文精华皆列于此书，不管是《左传》言简意赅的叙事，还是《史记》恢宏壮丽的记述，或者纵横家气势磅礴的论辩，以及柳宗元之凄冷、苏东坡之超然，还有归有光之情致，在《古文观止》里全都接触得到。观止，叹为观止也，是说古文看到这里就不必再看的意思。这名字起得似乎狂妄，可是在古文学习的领域，《古文观止》真正是当得起最高赞誉的。

此时考卷上的文言文是《宋史·孙博传》，宋史出现在高考文言文的概率很高，仅就全国一卷而言，最近十年出现了四次，概率高达40%。为何二十四史唯独偏爱宋史呢？首先因为宋史是二十四史中篇幅最长的，可选择的材料多，其次因为宋史具有公正客观、流畅平易的特点，比较符合全国卷出题的风格。多年来，全国卷向来是最稳当的试卷，出题风格中规中矩，加上我平时对《古文观止》的仔细揣摩，所以文言文一关我顺利通过。此时，我脑中担忧的依然是作文，书信体所要求的格式和标准我只剩下小学残存的朦胧记忆了，这作文该如何下笔？我一边马不停蹄地做题，一边隐隐觉得作文实在没底。我只盼望在正式面对作文之前，能够想出应对的办法。

文言文之后是古诗，出现在考卷上的这首古诗是岑参的

《发临洮将赴北庭留别》。临洮是甘肃地名，取接近洮河之意，历来是边塞要地，王昌龄著名的《从军行·其五》就写道：

大漠风尘日色昏，红旗半卷出辕门；
前军夜战洮河北，已报生擒吐谷浑。

所以这首诗既然提到临洮，大概与战争有关，加上本诗的作者岑参曾写过《白雪歌送武判官归京》，是唐代著名的边塞诗人，所以基本断定，这首诗是边塞诗。

而这首诗的内容是：

闻说轮台路，连年见雪飞。
春风曾不到，汉使亦应稀。
白草通疏勒，青山过武威。
勤王敢道远，私向梦中归。

读罢此诗，我脑海中瞬间浮现了一部纪录片《河西走廊》，读懂这首诗所需要的知识基本都在《河西走廊》里了。这首诗表达的是边塞战士奋勇征战之余的思乡念归之情，读来令人垂泪。相似的情感我在《河西走廊》里体会过很多次，这部纪录片时至今日已成为经典，在豆瓣上的评分高达 9.7 分。

那么《河西走廊》是何时播出的呢？2015 年 3 月份，正是考前一百天的时候。这部纪录片我看过，而且差一点就给全班同学播放过。

当时是高考前的最后一次团活动课。我每次团活动课都绞尽脑汁想要播放一些有意义有价值的内容，而且我深知高考不是象牙塔，高考的各种知识与大众媒体之间是存在互动的，在我高二的这一年，国家发布了"一带一路"规划，成为超级热点，而高考前夕《河西走廊》这部纪录片的出现，瞬间拨动了我脑海中的弦。我感觉到这部纪录片不寻常，立刻决定要在高考前的最后一次团活动课播放这部纪录片。纪录片一共十集，我就通过剪辑来汇成一个四十分钟短片，刚好在一节课时间里播完。可是万万没想到，级部再次从中作梗——我在即将剪辑完成的时候被级部老师举报为"私自在办公区使用电脑看视频"，我彻底压不住自己的火气，跟级部老师大吵了一架。可能是慑于我的气势，级部老师没再说什么就走了，我坐下来坚持把视频剪完，准备播放。可是转天一看：团活动课被取消了，播放纪录片的计划彻底泡汤。我不知道团活动课取消的原因，究竟是学校的既定安排，还是级部老师的恶意举报？不管怎么说，我对此感到愤懑和失望。

如今我在高考考场上看到了这首《发临洮将赴北庭留别》，悲喜交加。我看到这首诗，眼前浮现出陇头流水、大漠黄沙，我的感情几乎毫无阻碍地与诗人共鸣了，这首诗对我来说绝无难度，这是我个人的幸运。可是倘若最后一次的团活动课上，我能够如愿将《河西走廊》播放给大家，我们的班集体面对这首诗都可以多拿分！惜哉，纵有千般无奈，此时在考场上也只好压抑情感了。我抓紧每分每秒把题答完，然后迅速向传记题进军。

正是此时，我灵光一闪，脑中有了对作文的思路，但是这思路隐隐约约的，还不清晰。我不着急，继续看传记题，但是心里有了底。

传记题是朱东润先生的自传。虽然自传未必容易读，但我还是觉得自传比别人所立的传要亲切。朱东润这个名字对我来说算是比较陌生的，虽然他是中国文学批评学科的奠基人、传记文学大师，还写过鼎鼎大名的《朱东润自传》，但他确实位于我阅读的盲区，所以面对朱先生的这篇文章，我并未比其他考生多占便宜，只能靠着平时刻苦训练出来的阅读功底来做题。

读着读着我就发现，这篇自传哪里是自传，分明是一篇论文！开头三段简要地介绍了自己的经历，后面就开始对传记文学大论特论了，朱先生果真不改学者本色。不过看到结尾，却又发现朱先生论来论去，其实是论起自己写作《张居正大传》的缘由。我读罢此文，概括出了全文的脉络，提取了重要的信息，就把目光投向了题目。果不其然，题目考到了朱东润传记文学观的形成，考到了本文的特点，再加上一个发散性设问。我略微思索，就动笔答题。不知是不是方才看到古诗题时内心的波动尚未平息，我感觉答传记题的状态受到了一定程度的干扰，后来对答案的时候我也发现自己的答案与采分点存在偏差。不过高考足足 750 分的卷子，存在遗憾也正常，我的心态依旧平和。

随着答题进程越来越逼近作文，我对作文的思路也渐渐清晰了。我意识到一个很重要的事实：高考是选拔性考试，不会刻意为难考生。平时练的是什么，高考考的就是什么，这是 1977 年至今从未变更的原则。如果相信出题人，相信自己的训练，就能得出一个结论：书信体只是幌子，真正的考察另有旨归。

推理小说告诉我们：如果排除了错误的选项，剩下的选项无论多么难以置信，都是真相。我这三年练的是什么？是议论文。所以真相只有一个——这篇伪装成书信体的作文应该是一篇标准的议论文！

事实证明我是对的，在这一年高考阅卷中书信体格式只占 2 分，其余 58 分都是按照标准议论文打分。遗憾的是并非所有考生都能保持大脑清醒，我的一位朋友后来这样讲述当时的思路："在看到书信体的一瞬间就开始纠结书信的格式了。称谓该不该顶格、结尾要不要写此致敬礼，这样的细枝末节我纠结了很久。更糟糕的是，我只想着我在写一封信，没有在意我的文体，所以写了很多没用的客套话进去，直到快停笔的时候我才意识到，书信只是外表，议论文才是核心。"

等到即将结尾才确定文体，那么这一篇作文绝对是逃不脱结构混乱的弊病了，不会高于 40 分。这一年，有无数人被这篇要求书信口吻的高考作文改变了命运。有一些平时作文 55 分以上的优秀考生在这篇作文面前折戟沉沙，连及格分都拿不到。为何如此？因为他们对高考的认知有偏差。高考永远都是选拔人才的考试，高考永远不会刻意为难考生，如果你发现高考出现了异常的题型，那你就要坚守常识，因为高考只不过是换了一种方式来选拔你。

常识二字，听起来是易中之易，做起来是难中之难。相信常识就是相信你学习过和经历过的东西，对世界有稳定的认知，别人说的话也好，书上写的道理也好，不能随随便便把自己的常识给颠覆了。考场上的题，与我们平时所做的题没有什么两样，可叹的是总有人觉得高考题一定是遍布玄机、微言大义，自己给自己增加心理压力，以至于考场上产生了许多胡乱的猜测，写上的都是荒唐的答案。我记得曾有一次大考中文言文出现了"随矢出"三个字，要求翻译。结合上下文很容易看出这里的矢字就是屎字的谐音，所以直接翻译为"（吃了虫药之后，虫子）随着大便出来"就可以了，这也符合我们平时的训练。但是这篇文章出现在考场上，同学们就纷纷开启亢奋模式，觉得通假字太简单了，出题人一定不会这样简单地放过自己。所以大家执意把矢字理解为箭，加以曲折回环的解释，搞出了许多令人捧腹的答案，比如最奇葩的一条翻译是"用弓箭挑出来"，我想这也太有画面感了！丢失常识的后果就是这么滑稽，一旦你不相信自己平时所受的训练，就容易疑神疑鬼，写出不正经的答案来。

作文写完，过了十五分钟铃声响起，语文考试就此尘埃落定。高考的第一场战役结束了，我没有跟同学们交流，直接招呼竺榕一起吃午饭了。我跟竺榕都很有默契地没有谈及考试的细节，而是随便聊了些不相干的事情，心情放松了许多。吃过午饭，我如往常一样休息了一个小时。

恕我愚钝，如今已经记不得 6 月 7 号这天的中午我究竟有没有睡着了。但是这不重要，因为闭目养神也是一种休息。我让自己休息一小时，首先是为了缓解紧张疲劳，其次是为了保持与平时一样的作息节奏。所以不管有没有睡着，我在下午走入数学考场的时候的确是精神饱满的。

数学考试对我来说轻车熟路，我自从高三下半学期以来，已经没有在数学考试中遇到过不会做的题了。有赖于我的错题本，题目在我的脑海中形成了一个体系，每道题的思路都存放在网格的特定位置供我提取，所以仅仅从会做的角度而言，我的数学能力实在不弱。问题出在做对这个环节。

有人会说，这有何难？既然会做了，只要小心一些总能把题做对。然而天下之事从来都是险滩急流若等闲，溪谷平潭却翻船。面对难题，一开始大家想的都是如何才能会做，等到思路想出来了，心情舒畅了，顿觉自己英明神武，所以计算上往往出现疏忽。

既然有越来越多的同伴在准确率上翻车，我就对应地加强了审题习惯和演算习惯的训练。对于审题，我坚持用荧光笔标出所有重要条件，时间允许则将题目给出的条件在草稿纸上复述一遍，确保信息提取完整无遗。对于演算，我将草稿纸拿到手里就先对折，把草稿纸分为若干小块，每一块区域只算一道题，不可越界，而且要逐行演算，不可串行。我清楚，对于准确率来说智商多高都没用，必须向纪律和执行要分数。

坚持训练带来了预期的效果，我的准确率在年级里位居前列，数学考试大部分时候都能拿到满分。但我仍有一个小毛病没有解决，就是我写数字不够清晰，比如我写的"6"和"0"就常常辨认不清，我的高考因此埋下了隐患。

高考考场上，我的演算可谓如履薄冰。不出意料，我没有被任何的题目挡住，但是我依然主动降速再降速，生怕自己在审题和演算的环节出问题。我的目标是满分，不容有失。可是当我做到倒数第三道大题时，草稿纸上书写的数字已经不清晰了，其中一个步骤里我把"0"写成了出头的，很快我就在下一行把这个出头的"0"认作了"6"，然后继续算了下去，得出了错误答案。我对此全无觉察，把错误答案誊抄到答题纸上就开始了下一道题的审题和演算。

这个看似小小的习惯性的失误，让我的数学损失了8分。后来我写过一段日记反思这件事，我写道："真正的强大是习惯的强大，真正的成功是无懈可击的成功。如果抱着侥幸的心理认为自己的小小弱点不会带来恶果，那么这个地方就势必成为使千里之堤溃决的蚁穴。"

两场考试结束，我的夜晚有些难熬了。我隐隐约约感觉到自己应该是有缺漏了，于是心里有小蜘蛛在爬。不知不觉中，我反复怀疑自己的实力，对高考的总成绩有了悲观的看法。危险就这样悄悄逼近了。我想起之前每年高考都会有很多人在第一天的考试结束之后找到老师，说自己要放弃第二天的考试，直接复读。当时我想：他们怎么那样傻呢? 可是如今我理解他们了。虽然只是一个失误，我的脑海中却盘旋着成百上千的可能出现的失误。数学只有这一个地方写错了吗? 大概存在30分的失误吧？不，或许更多。甚至语文卷子也在脑海里渐渐地浮现，催着我去质疑自己的选择，回忆自己的疏漏。我本来已经十分笃定语文作文就应该写议论文，此时竟然有些动摇了。犹疑、慌张、胆寒、心悸，负面的情绪包围了我，我的世界几乎天旋地转。

舍友们没睡，低沉的夜语声窸窸窣窣着。脑子里有个声音告诉我："加入他们吧，你可以对对答案，对完答案心里就踏实了。"这个想法多么有诱惑力！是啊，只要张张嘴，我就能知道大家的答案，他们都是我的舍友，不可能会拒绝我的。而且他们此时可能已经在对答案了，他们朦胧模糊的低语声中分明夹杂着"ABCD"的选项，我要做的只是加入他们而已，这有什么难的？可是我拼命地克制住这个念头，因为我知道自己对完答案之后不会感到踏实，只会陷入更大的不安。考场对答案就像是战场上听见家人的呼唤一样，多么平静的心态都会瞬间坍塌，然后迎接我的就是无可挽回的失败。老师早就讲过，但凡在考试期间对答案者，或因为失误太多而自暴自弃，或因为发挥超常而沾沾自喜，最终的结果都是考砸。

时间一分一秒地过去，我的心境渐趋平和。舍友们聊得累了，带着兴奋或者沮丧的心情缄默了，窗外单调的蝉鸣声统治了我们的耳朵。我恍惚中有所明悟：人最大的敌人果然是自己，如果心志坚定，则翻刀山越火海亦无所惧；如果心志动摇，那么不待困难出现，自己就把自己击垮了。如今高考刚刚历经两场，即使败，也只不过是局部的失利，究竟鹿死谁手，且看明日对决！

借着朦胧月光我看到手表显示着十点半，寂静已经笼罩一切，我也被滚滚袭来的困意击中，落入了深沉的梦乡。

第二天的文综考试对我来说是一个冒险的跳跃，因为我准备调换答题顺序。由于新高考的推行，本书的很多读者可能已经不清楚文综考试的细节，在此我简要补充一下。文综试卷是政史地三科试卷合为一体，而整张试卷的顺序是：地理选择、政治选择、历史选择、地理大题、政治大题、历史大题。这既是试卷的顺序，也是答题纸的顺序。

而我准备把顺序调整为：政治选择、地理选择、历史选择、历史大题、政治大题、地理大题。高考前的这几个月我反复尝试，感觉这样的顺序最有利于自己的发挥，对分数的加成甚至达到20%。

违背答题顺序的行为十分冒险，因为答题纸上是只有题号的，贸然改变大题顺序，之后很容易在一片雪白的答题纸上迷失位置，把政治大题答在了历史大题的位置，高考就将随之功亏一篑。答题纸是不太可能调换的，因为调换答题纸需要层层申请，时间往往是二十五分钟以上。涂改答题纸就更是妄想。所以调换大题顺序是一着险棋，从决定调换的一刻开始我就站在了悬崖边上，谁也帮不了我，唯有自求多福。

　　笔尖沉重，仿佛千钧之力贯注其中。我心里默念着："不能错，一步都不能错。"此时客观题已经答完，主观题的题号一旦写错位置后果不堪设想，所以我每答完一道题都要反复确认位置，而且嘴里默念着："没错，没错。"监考老师注意到这个怪现象，开始频频望向我这里，过了一会儿，监考老师若无其事地在考场里转起圈来，目标却隐隐在我这里。又过了一会儿，监考老师竟然直接站在我的侧后方，越过我的肩头监视我的答题过程了！考生对考场里的风吹草动是异常敏感的，而且监考老师直接站在考生背后是大忌，站在我身后的这位老师不可能不明白。但是他却久久伫立在我身后，脚下仿佛生了根，足以说明他确实起疑心了。我的呼吸一下子急促起来，因为此时我面对双重压力的联合绞杀，一方面是提心吊胆生怕写错位置，一方面是感觉老师站在背后十分干扰状态。我的心里煎熬不堪，可是意志力支撑着我保持清醒冷静，压力没有能够侵入我的内心领域。所以我尽管额头渗出了涔涔冷汗，但是方寸之地却如灵台仙境，清凉虚静，不杂半点尘埃。站在身后的监考老师终于确定我没有问题，缓缓走开了，我的试卷也已经基本答完。

我长舒了一口气。

此时，整套卷子已经只剩下一道地理大题了。这道题后来很有名，因为它的思路比较奇特。奇特之处在第三问："青藏铁路的散热棒为什么要斜着插入到铁轨正下方？"我刚刚经历了紧张的答题过程，突然看到这道题，处于完全懵懂的状态，根本看不懂这道题在问什么。后来我知道，这道题答出来的概率确实不高，因为答案是"为了散掉铁轨正下方的热量"，就这一句回答，占了6分，平时从来没有练过这种题! 没练过固然不是做不出来的理由，但是我毫不怀疑绝大部分人看到这个答案都觉得像是脑筋急转弯，不管是答题思路还是答题格式都不像是标准的地理题，反倒像是一道初中物理题，所以依据常规思路答题，难以想到正确答案。

此时距离考试结束还有半个小时的时间，我想一鼓作气把这道题完成，并在草稿纸上拟定了五条答案。但是刚才凶险万分的一个小时里我消耗了过多的精力，大脑深层的疲惫突然间击中了我。心中有个声音对我说："你必须休息，哪怕只休息十五分钟也行，否则你将犯错。"我听从内心的指示，决定休息十五分钟，让自己恢复饱满状态。最后确认了一遍自己的答题卡填涂完整，整张答题纸上只有这6分的空白，我就趴在了桌子上，闭上眼睛，大脑迅速进入了混沌的世界，思想中的一切逐渐扭曲变形，我紧闭眼睛忍受着大脑过度使用引起的反噬。耳边似有轰鸣，逐渐归于寂静，我似乎沉入金闪闪的世界里，旋转、旋转，然后堕入无尽的黑暗。突然，考场响起了距离考试结束还有十五分钟的提示音，我睁开眼睛，感觉思路清晰了很多，再看自己刚才拟定的五条答案，发现都跑偏了，全都是在思维惯性下的谵语而已。这十五分钟的休息多么及时！我避免了严重的错误，而是带着清醒的思维重新思考题目，终于写出了"给铁轨正下方散热"这个答案。

我曾经把 1977 年至今的高考题目通盘浏览，发现高考题型在逾四十年的变革中变得灵活无界，死记硬背的东西越来越少，知识迁移越来越多。很多历史题考的不再是历史，而是语文的阅读理解，2020 年的全国卷文综考题中还考到了政治的居民自治。而我在高考考场上面对的这道地理题则更加大胆，将文理科之间的知识界限打破，考到了物理的知识。看似无理，细想来却正符合考察的用意，要知道，大学的地理学正是属于理科的学科！不得不说，出题人的思路真的是妙极了。

几乎在我答完搁笔的同一刻，铃声响了。衡中训练出的素质在这一刻完美地呈现出来：霎时间，沙沙的纸笔声戛然而止，考场里所有考生齐刷刷扔笔坐直，气势宛如军人。她们答完题了吗？大部分是没答完的，但是她们没有贪恋任何一秒。有种传言说，给我们监考的都是衡水二中的老师，给衡二监考的都是衡中的老师——众所周知，衡中和衡水二中之间是激烈的竞争关系，所以衡中的老师会严格地抓二中的考场违纪，二中也同样绝不手软。这种传言，促使大家认为衡中和衡二的学生在考场上的优秀表现都是出于对监考老师的恐惧。事实是我们的所有行为都出于对规则发自本能的尊重，与考场里是何人监考无关。任何一位监考者都只不过是考场纪律的一种具象表现，而不是专门抓人把柄罗织罪名的刀笔吏。但我们对纪律的遵守也不因此而有任何变化，即使坐在讲台上的是自己班的班主任，训练有素的我们也绝不会多写一笔。

文综考试的确是不简单的，我竟然直到临近铃声响起的时刻还在答题，这在我文综的答题史上是罕见的情况。然而若是真的提前半个小时轻松答完，恐怕我就要觉得不过瘾了。正如古时候将军们即使冒着生命危险也要挑战劲敌一样，人总是渴望着最大限度地发挥自己的价值，在这些时候得失反而是次要的。

高考就这样接近了尾声，仅剩下英语一科了。我不怀疑我的英语会考好，因为英语是我最稳的科目，我的分数总是在 140 分至 145 分这样一个高度确定的区间里小幅浮动。我当然算不得最高水准——省里最高水准是能够达到 149 分的，而且在英语这一科目上对我恩遇有加的李向梅老师也始终温和地规劝我更上一层楼。但我总是压着愧疚而不肯给英语更多精力，因为高考面前我要同时驾驶六条船，只有这六条船和谐有序地通过终点我才能够获得最大的胜利，我不敢因为战术而妨害战略。

后来我到大学里还时常想念李老师，时常以此鞭策自己努力学习英语。我大学里反复阅读过海明威《太阳照常升起》的英文原版，还会每周阅读《经济学人》。我并不是因向往英美国家而刻苦学习英文，而是因为李老师的品格之垂范而不敢稍微放松。

可以提前交代一句，我英语的高考成绩是 143 分，并未超出浮动区间。然而以第一视角经历的英语考试却不无惊险。听力考试在一阵轻柔的音乐声中拉开帷幕，这一刻，全国的几百万对耳朵同时支棱了起来，准备捕捉每一个跃动的单词。我调整好自己的节奏，闭上双眼，大脑像精密仪器般高速无声地运转着，身体仿佛变得透明，穿透空气的音波将会毫无遗漏地被我摄取。单词滚滚涌动，奔腾而出，蹦跳着，串联着，想从我耳边迂回而过，我却像娴熟的捕手一把抓住了它们。听力不难，与平时练习的一模一样，如果没有意外发生，我将会拿到满分。但是就在听力播放第一段的第三道题的时候，我听到"啪"的一声脆响——后面考生的笔掉到地上——盖住了重要的单词。我瞬间震惊地意识到这声脆响盖住了重要的信息，这道题做不出来了。一种绝望的无力感狠狠击中了我的心脏，我感到一种无可诉说的冤屈。我做错什么了？什么都没做错。可是我却因为完全不可预料的因素而失利了！酸楚到极致，许多辛酸的记忆就一齐涌上心头。

可是转眼间下一段听力要开始了，我知道该做什么，人长大就是一个知道该做什么而且坚定去做的过程。我把负面情绪打包卸载，进入没有情绪的状态，稳定地将空气中的音波化为一个个ABCD的选项。听力考试结束，我有了五分钟用来修补自己濒临崩溃的心情。我们生活的这个世界有点特别：不是每件事都能找到罪魁祸首，罪魁祸首有时候是一个复杂的系统，有时候是一种抽象的观念，有时候是该死的偶然性。我不该去怪身后的那个女生，因为她绝不是故意弄掉了笔，她可能只是紧张。况且，责怪也于事无补——这一分我永远无法找回。我想，倘若她等到听力的第二小段再让那支笔落下，我就不怕了，因为听力从第二小段以后都是播放两遍的。可惜，只能想想罢了。

可是想来想去，这终究是一分而已。高考比的是战略，不是战术。丢掉一分乃是天意，若丢掉整场考试则是人过。我抖擞精神，集中心智，向着完形填空和阅读理解的堡垒发动进攻。

一切正如所料，单词我认识，文章我能懂，偶尔有拿不准的题目也不怎么耽搁做题的速度。恰如进军山野，破城拔寨，渐近敌国都门，虽兵困马疲而士气不堕，必胜之心恒存。终于面对英语作文的时候，天下大势已定矣。

我写作文一律使用衡中体，先打草稿，再誊抄，二十五分钟足够完成。所谓衡中体，就是后来在全国中学得到广泛练习的"手写印刷体"，被评价为最能够在考试中拿到高分的英文字体。大学的时候我曾经向我的英国、美国与新加坡同学展示这种字体，当他们发现这种类似印刷的字体竟然是人手写出来的时，纷纷表示不可思议。我对衡中体的心得体悟很多，所以给他们讲解了我练习过程中对衡中体的改进以及我独创的书写标准和练习方法，正是这些交流催生了我将衡中体推向全国的想法。后来我在 2018 年出版了由我带领我的学霸团队主笔的《衡中体英语字帖》，全国范围发行量超过 700 万册，还被母校衡中列入了 2018 年的《新生入学建议携带资料手册》。

字帖出版之后，很多人认为衡中体是我独家的字体，但衡中体其实是全体衡中人共同练习的字体，单论书写技巧，很多人不弱于我，特别是我团队中的学霸，完全可以写到与我的字看不出差别。之所以由我作为字帖的主要负责人，是因为我详细地考察过各种英文字体，与各国的留学生进行过探讨，在衡中体的练习和书写中，我通过深入的研究确定了放之四海皆准的方法和标准。在字帖的开头，我就设计了完整的教程。

但是，当时针拨回我的高考还剩半个小时就要结束的时候，我的心里并不是十分笃定衡中体的威力。这时我已经把英语作文的草稿打好了，誊抄大概十五分钟即可完成。尽管我的衡中体早已熟练，甚至可以说是炉火纯青，但高考之中由于心态的微妙变化，或许会出现动作变形以及失误。这是高考结束前的最后一关了，说什么我也要越过去。

衡中体初期练习是要打格的，后期就纯靠眼力和笔力。有些同学高考时坚持打格，这不是好习惯，因为要想擦掉铅笔打的格，必须等待整篇作文的墨迹都晾干，所以要打出大约五分钟的提前量，会增大心理压力。而且衡中体如果练习得出色，就不需要格子的辅助。

所以我选择直接动笔。由于长期的专业练习，我已经形成了固定的肌肉记忆，就像歌手自然能找到音准、舞者自然踏得准鼓点一样。起笔，我精准地落在了距离左端两厘米、格子上三分之一与中三分之一交界的位置，向着左下15°划出笔直的线，第一笔起得非常完美。写完第一个单词"How"，我空出两个字母的位置再写下一个单词，所有字母保持着精准的15°倾斜。

一行写完，我检查每个字母的高低，发现自己发挥稳定，虽未打格却每一个字母都稳稳切在了四线三格的位置，一条无形的线直直穿过，仿佛是木匠用墨线弹出来的。我闭上眼睛调整了三四次呼吸，准备写第二行。

第二行的难度增加了，因为要跟第一行做对照，倾斜度不能变，左端要对齐，字母大小必须一致。我的视线不得不快速跳转，在第一行与第二行之间来回扫视。虽然艰难，然而第二行我也写得很出色。

在衡中体的书写过程中最担心的事情就是不同的行之间出现偏差，不管是倾斜度的偏差还是字母大小的区别，都会严重干扰卷面的观感。对于衡中体书写来说，尽管一个月就可以大体练成，但是达到巅峰的水准需要花费更多的时间和心思，特别是心中要有匠人般精益求精的精神，不可轻易志得意满。

写第三行要兼顾前两行，第四行则兼顾前三行，脑力运算量越来越大了，我的心情却很平静。我之前甚至有过不打草稿直接写的时候，就是为了练习自己极端情况下的心态，所以如今面对的只是毛毛雨，远没有触及我能力的上限。

十五分钟过去，我的作文大功告成。最后检查了一遍答题卡，确认无误。此时，距离考试结束还有十分钟。

充分的经验告诉我，过度检查是有害的，很容易让自己陷入胡乱猜想，以至于把一些本来笃定的答案给改成错误的。所以距离铃声响起虽然还有十分钟时间，但是我能做的事都已经做完。我需要做的是等待。

我的心里响起了一段戏文，时而激越，时而凄切。胸中似有千军万马，又仿佛渺渺孤帆，一半是对未来的向往，一半是对过往的眷恋。总有千般不舍，万般无奈，人生亦将从此一线相隔，明暗交界。

告别吧，我未成年的青春从此逝去，十八载岁月倏忽而过，耳边似乎还有笑语欢歌。我模模糊糊感觉自己获得了一些，也失去了一些，却不知获得的是什么，失去的又是什么。今后的世界恐怕不会如此单纯，能够落在一张纸上的事情会变少的，能够凭借努力做好的事情也会变少的。我将会生活在社会机器轰鸣的运转里，成为系统的齿轮吗？又或许，我会一样用力地活下去，了解什么是爱，什么是错过，什么是珍惜与舍弃。

所以这十分钟我用来沉思，沉思即将到来的终结。

终结是新的开始。

高考的终结是大学的开始。大学的终结是工作的开始。生命的终结呢？我想起乔布斯送给青年人的话："我们注定会死，因为死亡很可能是生命最好的一项发明。它推进生命的变迁，旧的不去，新的不来。"又想起张若虚感叹过"人生代代无穷已，江月年年望相似"。新陈代谢未曾停息，谁也不能够始终霸占舞台的中央。我们能做的，是抓住韶华用力舞蹈，在舞台上留下最美的自己。

急急的一阵铃响，我的高考结束了。收卷子的过程似乎格外漫长，像是垂暮鼓手的鼓点。竺榕回过头来，表情看不出心绪，似乎已经疲惫至极。我也觉得累了，是深入灵魂的累，浸透骨髓的累。过往十八年的人生列车到此换挡变速，我承受着沉重的扭力，站着都觉得摇晃。我有气无力地冲她笑了一下，就此作别。

父母在校门口等我，我把行李箱往后备厢一放，哐当一声，突然意识到自己跟高考之前的人生彻底作别了。我不会再回到这里了。

16　十二年寒窗的感悟

　　回去的路上没人说话，只有高速路上时时闪烁着汽车红色的尾灯。我还没歇过来，依旧处在某种恍惚之中。夜色是迷离的，晚风吹过道路两边黑魆魆的麦野，庄稼的影子泛起縠纹。这是华北平原的旷野，是我祖祖辈辈不曾离开的地方，我要到另一个地方读书了，我大概不会长久地回到这片原野了。但我要到哪个地方去呢？是不是北京，是不是清华北大？思绪随着晚风飞扬着。

　　终于到家的时候，夜深了，我上路前随口吃的面包被消化掉了，爸爸妈妈带我去吃火锅。上楼的时候我在电梯里不知怎么的，腿一软就蹲在地上了，妈妈关切地扶我，我摇摇头："我没事，头晕。"父母以为我是累病了，我觉得没有那么严重，只不过是还没有适应生活的切换。衡中生活的惯性很大，虽然已经是高考结束了，我却总觉得自己次日清晨还要跑操、还要参加试卷讲评，把这场轮回游戏继续玩下去。我真的出来了吗？这是梦，还是现实，我有些分不清。

高考的突然结束让人生坐标迷失了位置，我不得不重新找回，但找回需要时间。回到家里的我就像是被夺走了三魂七魄，倒头便睡。早晨起来不跟谁说话，自顾自吃饭，发呆，到处散步。我回老家探望了爷爷奶奶，又去陪着姥姥姥爷吃饭，还陪着爸爸妈妈看电视、逛商场。但我的魂儿始终没有飘回来，而是自顾自游荡着，让我看起来像具行尸走肉。爸爸开玩笑说："完了，都说衡中是高考工厂，真把咱儿子变成机器了。"

高考的知识逐渐远离我的脑海，关于竞争和分数的思索远去了，空出来的大片空间让我顿感空虚。我开始挑书橱里的藏书来看，打发时间，顺带着也找找看书的感觉——毕竟是一年没有摸过课外的书本了。有点生涩的阅读体验逐渐醒了过来，对阅读的热爱依然浓烈。从这时起，我的藏书逐渐增加，经历大学四年的积累，最高达到过八千册，捐出一部分后，目前还有五千册。

此时我拿起的是《牛虻》，因为《钢铁是怎样炼成的》里面保尔·柯察金曾经提到这本书。作者是英国的伏尼契，小说的内容是关于意大利民族革命。主人公是一位既同情革命又信奉天主教的善良青年亚瑟，但是经历过一场变故之后，他意识到宗教与意大利民族独立不可调和，所以他变成了令敌人闻风丧胆的坚定的革命者。

当我看到亚瑟消失多年后化身"牛虻"归来的情节，顿时觉得自己在衡中的三年生涯也把自己锻炼成了一个斗士，我知道人不是天生就有权享有精神的丰富，而是通过刻苦的学习才能得到。想要尝到甜美，就得先忍受苦涩。经历过地狱般的竞争，这世间的苦我至少尝过一种了，而且品尝得很深，甚至有极致的苦涩在舌底盘桓。但我后悔吗？即使不知道最终的结果，我依然能够坚定地说出："我不后悔。"

书籍让我恢复了正常的状态。不再有失衡的眩晕，没有迷茫的无助了。阅读再一次帮助了我。

在临近出分的日子，我做了一件有意义的事：给老师们打电话表达我的感谢。我不是给所有的老师都打，而是从高中三年所有教我知识的老师里选出我认为应该道谢的老师。对于李向梅老师，我挑选了一件玉镯寄了过去，表达我对梅姐的感激。

打定主意要给老师打电话的这天，我走到家里放电话的位置，顿时愣住了，电话没了！我喊道："爸，妈，咱们家电话去哪了？"

爸妈带着诡异的目光看着我，说："咱们家固定电话都拆了两年了，现在都是智能机……"我在衡中三年一直没接触电子产品，印象里手机还是翻盖的，没想到智能手机已经普及了。我取来妈妈的小米手机反复把玩，发现手机的功能竟然已经不输电脑，而且人们日常联系用的不是短信而是微信了。一瞬间我生发了感慨：自己简直像晋朝那位山中与仙人下棋的王质，回到家中发现世事变幻，已经过去了几百年光阴。

终于，要出分了。古代人看揭榜，现代人看查分系统，志忑的心情是一样的，不知不觉中，这份激动在华夏大地已经传承了一千四百年。千载光阴见证着读书人的喜乐哀愁，记载了尘世间荣辱沉浮，个体的生命从这里汇入社会的坐标，奔波于茫茫九州，长眠于丹青万卷。

父母问我："如果不理想，你要复读吗？"

我说："不会。"

两年后又有人问我："想过复读吗？"我说："如果发挥彻底失常，我会选择复读，但我不容忍自己提前去设想复读。复读是一条路，这不假，但是这条路能不走则不走。复读要耗费一年的光阴，我无法轻轻松松地把这一年给交出去。"

我觉得后来的回答更能够表达清楚我的意思，我不抗拒复读本身，而是担心自己失去破釜沉舟的决心。

再后来身边有了复读的朋友，临行时我劝他："别把复读当作常态，要时刻记住自己身处油锅里，否则你会跳不出去。"他在复读班里看到很多二次复读、三次复读的人，才知道我说的话确有深意。

大学快毕业时，身边考研、考公的人渐渐多了，大多都没有必胜的气魄。"一战"不行，就去"二战"，很快"三战"也变得稀松平常了。有的人说起自己第三次参加考研或者考公，脸上毫无焦急之色，乍一看似乎是大将风度，仔细看来，却是习惯于备考的状态，俨然以为这种不创造收入也不得到学历的生活方式是一种常态，所以虽然是备考期间，交友、恋爱、娱乐、旅游绝不耽误，上课就像是上班一般。我初次见到这现象觉得怪异，屡次见到之后觉得平常了，大概他们本来也是焦虑而上进的，可是眼看着伙伴越来越多，所以获得了安全感。我由此认为：最不愿意复读的人，才会成为复读的成功者。当你对复读的抗拒消失了，复读就会变成常态。

17　查分：清华与北大的竞争

6月24日上午九点，事先通知的查分时间到了，我们一家人整整齐齐坐在电脑前，等待命运的判决。分一揭晓，无可更改，历来高考从没有过改分成功的先例。我十二年寒窗苦读的成果将就此一锤定音，再无转圜余地。

紧不紧张？害不害怕？当然紧张，当然害怕。此时此刻容不得云淡风轻，全家人都同时屏住了呼吸。我谨慎地输入查分密码，带着对即将出现在屏幕上的分数的期待，用微微颤抖的手点击了查阅键，鼠标轻响，咔嗒——

空白。

一片空白。

界面上什么都没有。

我和父母面面相觑，一时都不知道该说什么。我首先反应过来: 卡了! 我按着 F5 键刷新页面，可是没有用。整个系统似乎都崩溃了。

我着急了: 快给同学打电话!

电话彼端传来同样焦急的声音，告诉我查分系统功能异常。

我跌坐在沙发上，沉浸在剧烈的情绪起伏中，两种截然相反的可能性在脑海碰撞激荡，胸膛仿佛要爆裂开来。怎么会这样? 我能接受最好的，也能接受最差的，但我不接受这种违背人性的折磨! 我本来已经做好一切心理准备，此时却仿佛蓄满力道挥出拳头的一刹那间对手消失了，错位的感觉难受得令人晕眩作呕。

父母无暇安慰我，因为他们的焦躁彷徨与我是相同的。我真切地体会到高考是一场巨大的折磨，在尘埃落定之前，焦虑永远在狂欢。最后的最后，明明快要见分晓了，却还要卖这样一个关子，莫不是真要把我折磨成头脑疯癫的范进才肯罢休? 更何况，今天中午约好了在姥爷家摆宴席，大姨二姨舅舅全都过来，大圆桌十几人等着我过去。我考得理想可以得到祝福，考得不好可以得到宽慰，可现在我能得到什么? 恐怕只有尴尬。

一家人无言良久，我想缓解一下沉重的气氛，就说:"不查分了，只要考得好，清华北大自然会打电话过来抢人的。"爸爸苦笑了一下，妈妈闭着眼睛点了点头，他们听出了我话里的安慰之意。

临近中午，阴云不散。爸爸长叹了一声："唉! 走吧，姥爷家的人都等着呢。"我们就慢吞吞地向着姥爷家挪动，十二点钟才进了姥爷家的门。把情况一说，果然是一阵沉默，亲戚们面对突发情况显得不知所措，准备好的话都不能说了，便说："坐吧坐吧，先吃先吃。"

饭吃得很闷。火锅的热气单调地升腾着，把屋子熏得雾蒙蒙的，把每个人的脸隐藏在影影绰绰的水汽里。羊肉一盘盘地下到锅里，又一漏勺一漏勺地捞到碗里，但谁也没动筷子。

大姨想说点什么，嘴巴张了张，却没出声。能说啥呢? 提我小时候的事，不应景，提大人们工作的事，又有岔开话题之嫌，真个是左右为难。我们一家三口也是如坐针毡，心里的焦躁不得不隐藏起来，装出若无其事的样子。放到嘴里的羊肉味同嚼蜡，在口中蠕动很久，被不情愿地咽了下去。

沉重的筵席进行着，父亲的手机忽然响了。

二姨伸手把火锅的开关"啪嚓"一声关掉，咕嘟咕嘟的声音消失了，所有的目光射住父亲手里响动的电话，父亲瞪大眼睛看着这个归属地显示为北京的电话号码。

人生中偶尔有一些时候，时间的流速会慢下来。在诺兰的《盗梦空间》里，梦境中时间流速会变慢，第一层梦境的十二小时等于现实中的一小时，第二层梦境的一周等于现实中一小时，第三层梦境的一个月等于现实中一小时，第四层梦境的十五年才等于现实中的一小时。但是还有一种最深最深的梦境叫作潜意识边缘，在潜意识边缘里，时间被延展到几乎无限长，现实的几秒钟可以等于梦境中的几万年。在父亲用凝重的神情盯着手机的那几秒钟，我感觉自己堕入了潜意识边缘的深层梦幻，脑中千万次推演事态的可能性，大脑的运转到达了负荷的极限。

电话在免提状态下被接通了。

"喂，你好你好，我这边是……啊是的，我们是北京大学的招生组。"

姥爷的眼睛放射出光彩，把腰杆挺得直直的。

大姨，二姨，妈妈，舅舅，脸上露出了胜利的笑容。

爸爸竭力压抑住情感："嗯，嗯，那么，有什么事情吗？"

二姨夫夸张地笑了一下，仿佛在对我爸说："看你还装个啥，北大都主动打电话过来了，肯定是稳了嘛！"

电话传出一个年轻人的声音："我们打电话过来呢，是关于嘉森同学的成绩，我们有录取的意向。"

这下子，全屋子的人都舒了一口气。尘埃落定，不必猜疑，大势已定，功德圆满。

可是电话彼端又传来了话声："但是呢，目前情况比较棘手。"

这话锋转得措手不及，我们听出里面的一丝冷峭。

"由于系统原因，我们没有查到嘉森同学的确切成绩，根据我们目前的消息，嘉森的成绩是有可能达到了北京大学录取分数线的，但是存在同样可能性的人有很多，我们不能确定嘉森同学被录取。"

爸爸着急地问："如何才能确定呢？"

另一端是短暂的沉默。

一瞬间我嗅到了熟悉的气息，仿佛我在面对一道狡猾的大题，题目的条件设置了叙述的陷阱，试图将我引入歧途，而正确答案另有他物。我剥离了此时此刻眼前的图景，忽略掉雾气未散的屋子、父母焦急的脸庞、亲戚困惑的眼神，以及电话彼端的招生组人员。关于真相的猜想在我脑海里隐约浮现。

果然，又传来话音："要想确定也不难，请嘉森同学跟我们北京大学签订协议，确保嘉森无论是什么成绩——即使是省状元——都必须选择北京大学，而北京大学则承诺无论嘉森是否达到分数线，都录取他。"

爸爸愣住了，这么简单？可以啊。父母对了一个眼色，准备答应。

而我脑海中的猜想忽然间成形了。说时迟那时快，我猛地站起身来，给了父亲一个坚定的手势：不要答应！

爸爸即将冒出的话语立刻改变了方向："呃……这个嘛，我们再考虑考虑。"

电话挂掉了，大姨着急地问："怎么不签？这合同听着挺好的。"

舅舅说："嘉森是怀疑这电话不是北大打过来的吧，没准是电信诈骗！"

我摇摇头："这电话应当是北大招生组没错，但他们的话里存在陷阱。老师说过，清华北大只在掌握确切信息之后才会主动联系考生，他们目前应该是已经查到我的确切名次了，而且我的名次不会太低，所以他们搞出了这个签协议的名堂来阻止我选择清华。我觉得，他们在抢人。"

爸爸这时回过神来："北大在抢人，清华也在抢，所以清华也会打电话过来？"

我点点头："是的，静观其变。清华来电话的时候我来接，我要把真相问出来。"

大姨啧啧感叹："按理说清华北大是最好的大学了，怎么会骗人呢？"

我无奈地笑了。

这时候屋子里安静下来，二姨夫说："刚才咱们都被唬住了，顺着他们的节奏走。现在仔细一想，这个合同不合情理，如果嘉森的分数真的只有分数线附近，那北大何必上赶着来做

184

赔本买卖？再说从程序讲，这样的合同不具备法律效力，如果北大非要签署无效的合同，这个合同就只可能是心理战术。"

二姨夫经商半生，见识广博而且思维缜密，向来能够指出问题的关键所在。大家赞许地点了点头。

一小时后，电话又一次响起。我等的就是这一刻。

"您好，我们是清华大学的招生组，我们希望与嘉森同学商量一些事情。"

不出所料，是清华打来的电话，也是年轻的声音，大约二十五岁。

"我是刘嘉森。我想知道我的成绩，请问你们知道吗？"

没想到我问得如此直接，电话彼端明显嗫嚅了："啊，关于成绩的话，你也知道系统崩溃的事情，现在系统在慢慢地恢复，估计要再过些时候才能够查到……那个，北京大学方面已经给你打过电话了吗？"

我暗暗冷笑，看穿了虚伪的套路。但我已经想到了应对的方法，我答道："没有，北京大学没打过来。"

话筒彼端明显来了精神："噢噢好，现在你的成绩得不到确切的消息，所以有件事情跟你商量……"

我当然知道要商量什么事情。我斩钉截铁地说："我想知道我的成绩，所以麻烦你们把成绩和名次告诉我，一会儿北京大学打电话过来的时候我也会询问成绩。如果你们不告诉我而北大告诉了我，我就不考虑其他因素，直接选择北京大学。"

这一番话，让电话彼端沉默了，我知道他们在讨论应对方案，我静静等待着。

我之所以说出这句话，是因为纳什的博弈论中有著名的囚徒困境。两个囚徒被隔离在不同的房间，互相检举对方的罪行。如果他们都选择沉默，两人都因不配合刑讯而坐牢一年；如果其中一人检举对方，就可因立功而获释，被检举的囚徒则因罪行和不配合刑讯而坐牢十年；如果两人互相检举，则共同坐牢八年。

现在我要把清华招生组摆到囚徒困境里，如果他们拒绝告诉我成绩，就要承担我直接选择北大的风险。我相信不论清华招生组的负责人是谁，他都不愿因为玩弄伎俩而承担招生失利的责任。

电话那头商量毕了，就说："嘉森同学，你总分 673 分，是河北省的总分第二名，衡水市的第一名。省里第一名出在外校，是 675 分。"姥爷颔首："按老话说，这就是省里的榜眼、衡水的状元了。"我心中了然，这成绩的确是清华北大随便选了，怪不得两校要花大力气争抢。只可惜两分之差没能拿到省里第一，使母校荣誉有所缺失。

大概不完满才是世界本来的模样。这一年，衡中文科前十名占了七人，理科前十名占了六人，清华北大录取高达一百二十人，可是文理状元却分别丢给了其他学校。高考的偶然性是不可避免的，黑马处处存在，纵使平时练习再全面、基础再扎实，区区 750 分的考卷也无法完全考察出一个人的知识水平。但高考依然值得拥护，因为高考的考察达到了最大程度的全面性和准确性，一个知识量、专注力、执行力、逻辑分析能力、总结归纳能力、时间规划能力和心理抗压素质都十分优秀的人，未必是最高分，却一定十分接近最高分。清华北大不会遗漏这样的人才，"犁牛之子骍且角，虽欲勿用，山川其舍诸？"在公平的制度下，优秀的人才想隐藏才能都很困难。

清华大学的招生组既然说出了我的成绩，也就祭出了他们的底牌："嘉森同学想必知道，学霸们都挤破了头想要考进金融类院系，当今中国最顶尖的两个金融院系，一个是北京大学的光华管理学院，另一个是清华大学的经济管理学院。从这两个院系出来的学生进入顶级投行、成为年薪百万的金融精英不成问题，所以我要向你郑重介绍我们清华经管相比北大光华的独特优势……"

我打断道："你还没问我是否要选金融类专业。"

"怎么，竟然不选金融吗？"

"是的，我希望进入人文类的院系，特别是中文系。"

话筒彼端沉默片刻。

高考状元70%都会选择商科和金融类专业，其余30%里面选择人文类院系的也少之又少，这已经是长期以来坚定不移的社会趋势，所以难怪我的选择让他们惊讶。

曾经有一篇文章写道："当今考生在选专业时，首先考虑的就是'用足分数'。一个考生说：'为什么要选商学院？因为既不知道热爱什么，也不知道不热爱什么，不幸高考成绩又这么高，有什么理由违背父母期待、挑衅社会的常识？'利用规则，用精巧的计算换取自己需要的东西，这种逻辑早在大学之前就被种植在了年轻人的头脑里。"

诚如钱理群教授所说，他们是一群精致的利己主义者。但是精致背后，是不知道自己热爱什么，不知道自己安于什么。研究敦煌学的樊锦诗说"吾心安处是敦煌"，而对于迷失于分数与专业的年轻人，他们的"吾心安处"是哪里？或许正因为没有心安之处，所以才考虑"用足分数"，把分数用足的背后，是心灵的凄惶流离、理想的无枝可依。

我们生在一个不轻言伟大的年代，宏大的叙事被解构了，辽阔的情怀被拘束了，房子、车子、票子让人更接地气了，却不再抬头仰望星空。我们惶惶如丧家之犬，左支右绌，趋利避害，计算着前途与出路。可我总记得阿尔帕西诺那段经典的台词，一段饱含懊悔的话："如今我走到人生十字路口，我一直都知道哪条路是对的，我的确知道，可我从来不走，知道为什么吗? 因为真是太苦了!"我不想让自己在将来后悔，我想要如朱自清先生所教诲的那样，在青年时走最难的路。

高考考场上，我珍惜每一分，但是高考结束了，我对分数的吝惜到此为止，不给分数当奴隶。我要选择我喜欢和热爱的专业，不论这专业是热门还是冷门、高分还是低分。我知道自己热爱什么：从儿时与文字结缘起，我就渴盼着学习与文字相关的知识、从事与文字相关的职业，所以早在初中的时候我就希望进入中文系，将来从事出版工作。我看书看得认真，即使是以较快速度浏览的书，我也能轻易发现行文中的语法、用词和字形错误。

清华招生组显然对我的选择有些措手不及，于是说道："嘉森同学稍等一下，我们请人文方面的教授来给您讲讲清华的学科建设吧。"

在这次招生中，即使中国顶尖的大学都试图另辟蹊径，但这只是招生组面对人才争夺战的无奈之举，无损于两所学校在学术研究和培育人才方面的伟大光辉。曾经，他们一起参与思想的争鸣，探讨中国前行的方向。如今，隔着一条街道的清华与北大，都用自己幽深的园地容纳了无数有趣的灵魂。

电话里响起一个儒雅的声音，带着南方的柔和口音，像是给自己的博士生一对一辅导一样，轻缓地说："嘉森同学，他们给我讲你有意报考人文类的专业，有些事情我得讲讲。"

我肃然起敬："您请讲。"

这位上了年纪的教授性格显然是认真的，说话字斟句酌："受到 20 世纪 50 年代学科院系调整的影响，理论学科和人文社科转移到北京大学，工科院系转移到清华大学，由此形成了北京大学重文理、清华大学重工科的格局，后来都往综合性大学发展，现在清华学科建制全面，但是坦诚来讲，清华大学的人文学科起步较晚。比方说你想进入中文系，但是目前清华对应的只有人文试验班，我们会倾尽师资来培养你，但是我们的底子还薄，这些方面确实还赶不上北京大学。优势、劣势都有，希望你作出审慎和适合的选择吧。"

我大感惊讶。这番话显然不是招生组希望听到的，但这番话是真诚的。我由此见到了一位学术工作者的风骨。对就是对，错就是错，宁肯失去利益，绝不失去真实。推动一个国家和一所学校的学术进步的，不正是这样的人吗？不管是否选择清华，我对这位教授都充满了敬佩。

我又给北大打了电话，听北大中文系的一位行政老师为我讲述北大中文系的学科建设和学术特性，我发现清华教授所言非虚，北大中文系的底子真的是太厚了，就像是一个传承千年的武侠门派一样，表面上是个小道观，其实三十三重洞天各有高深莫测的玄门修士。有许多壮年时期就写出惊世巨著的前辈退隐于此，你以为他们属于上个时代，可是他们依然每天在园子里读书、晨练、授业。一墙之外，是繁华喧嚣的中关村；一墙之内，是万古静寂的象牙塔。

我心中的选择成形了。在 6 月 27 日我填写了志愿，就此走入了北京大学的大门。从小学到高考，漫长的奋斗之旅就此画下一个句点。我休养多年竞争的疲惫，冷静梳理耳旁的信息，制定合理的规划，并满怀希望地迎接之后的人生。

后记

　　落笔成书时，距离高考六年过去，我已经是个社会人了，有从事出版的专业素养，有相当程度的财务和管理知识，有自己的团队，有了大城市里的一席之地。不可避免地，我被人问道："从衡中走出来，能适应大学吗？能适应社会吗？"

　　对于这个问题我总是难以轻松地回答，如果从我在大学和社会里做出的成绩来看，我适应得不错，发展得很好。我很早实现了经济的自立，有能力独立地在大城市安家，尽管我的工作存在着相当程度的路径依赖，但是我有信心在三十岁前实现转型。看起来，我的人生挺出色也挺美满。

　　可是许多次，我都感到现实的荒诞和魔幻。我从内心里没能适应自己经历的一切，我受到的冲击六年来难以平复，我一边成长为优秀的青年，一边抽离出另一个视角问自己："这一切难道不荒诞吗？"

我曾以为衡中是竞争压力最大的地方，却在进入大学之后发现北大在逐渐地"衡中化"，有些同学会在吃饭的时候背书，有些同学拼命讨好老师来取得高一点的成绩，有些同学压力大到夜夜失眠掉头发，生怕自己得不到好的 offer。

然而得到 offer 也只是下一步竞争的开始，因为各大名企也逐渐开启了"衡中模式"，比谁加班加得多，比谁业绩冲得好，年轻人不敢结婚不敢生育，宁肯摧残身体也要争夺少得可怜的机会。恐怖的"996"现象从小圈子的抱怨变成了全社会的焦虑议题。

我从衡中走出来，本以为回到了正常世界，却发现世界未必正常。我似乎进入了更大的衡中，这个世界、这个社会就是一个放大版的衡中，竞争的焦灼感蔓延在所有青年迷茫的脸上，二十世纪八十年代那种傻乎乎的理想主义光芒消散得无影无踪，房价、户口、收入、编制、学区，这些词汇的热度压过了曾经传诵着的北岛的诗歌、废名的散文。有一次中文系邵老师问我们："你们还会在早晨六点钟去未名湖畔背古文吗？"我们相觑而笑——六点钟正是狼吞虎咽吃早餐，灌下一杯苦咖啡，然后冲进教学楼里占座的时候。

于是我还没喘口气，就再一次被大学里的竞争趋势裹挟着向前，左冲右突地寻找人生航向。时至今日我也不敢说自己克服了迷茫，因为这份迷茫是属于一代人的。衡中的经历让我格外适应高校竞争和社会竞争，我几乎顺理成章地抓住了身边出现的机会，出版了畅销的书籍，做起了百万粉丝的账号，成了公司独当一面的管理者。但是内心深处我一直都在对这种竞争进行反抗，我绝不希望我的人生就是持续的竞争，竞争本身不足以支撑起人生的意义。

在大学期间，有许多课是我喜欢的，我却不敢选，因为这些课太难，会拉低我的总成绩；有许多课十分无聊，我却不得不选，因为这些课给分很好，有助于总成绩提升。但是大二的时候我有了人生第一笔收入，我确信我可以养活自己，于是我把最感兴趣的"马克思主义哲学史"给选了，我知道这门课极难且需要先修课程，但我有了底气便不再害怕。一学期下来，我竭尽全力果然也没有学懂，拿了勉强及格的分数，把自己的总成绩拉下来了。但我感觉到一种莫名的轻松，我不再是被成绩的绳索束缚住的犬羷了。后来的两年里我查阅资料搞懂了这门课的内容，尽管对成绩早已无补，心中的丰盈感却妙不可言。

这次反抗给了我成功的经验，我知道我也许可以做出符合内心的选择。我渐渐明白每个人都得承担些自己不喜欢的工作，这是我们身上"机械性"的一面，但是每个人也都该给自己留出时间做自己喜欢的事情，这是我们身上"神性"的一面。在过度竞争的时代里解脱的方法，或许就在于用自己的机械性的一面来供养自己神性的一面。

在六年时间里，我还目睹了年轻人心态的巨大转变。刚上大学的时候，正赶上创业热潮，投资人疯狂寻找标的，人们在星巴克里谈论着"风口""估值"，年轻人一夜暴富的神话被以ofo创始人戴威为首的创业小将们吹成了壮美的大气球。大家相信贫穷只是暂时的，寒门是可以出贵子的，抓住机会的人可以逆转一切。

我至今记得那时尽管国考竞争已经趋于白热化，但社会上对体制内工作仍是一片不屑之声，许多人受不了"一眼望到六十岁"的人生而离开体制闯荡，人们嘲讽清华毕业生梁植只顾眼前苟且，缺少诗与远方。

然而随着资本退潮，经济下行，年轻人的机会逐渐缩减，大家认识到奋斗未必就能成功，而疫情的突然而至更是催化了心态的转变。于是年轻人掀起了全员考研考公考编制的热潮，清华北大的博士们为了中学教师岗位和街道办岗位你争我夺，打工人的"摸鱼"文化获得了广泛的共鸣，大家逐渐意识到自己都只不过是时代车轮之下挣扎求存的小人物，都吃着生活的苦。

这份年轻人的苦我一点也没少吃。毕业租房，我为了省钱租了一间地下室，本以为地下室无非光照少些，住进来才知道问题在于下水管道。正常房间的下水道是向下的，而地下室本就位于地面以下，所以排泄物要利用房东私人安装的小电机，顺着塑料管抽上去。塑料管一旦破裂，里面的排泄物就会溅射出来，不幸的是，塑料管前前后后破裂了许多次。甚至有一次正是在我修管子的时候，管子突然爆裂，秽物喷了我满脸满身，我顶着呕吐的感觉，将管子艰难地固定住，再一点点收拾地面上四处流溢的脏东西。

我吃了这个教训，对租房失去信心，干脆在公司里支了行军床，晚上就睡在办公室里，没日没夜地工作。我一度感到委屈得很，觉得自己在衡中也不曾吃到这么大的苦。高企的房价更是让我在很长时间里觉得买房无望，我想：如果所谓生活就是这个样子，我从初中到高中的奋斗还有什么意义？本以为人生是先苦后甜，谁料到这苦或许要吃一辈子！

我开始阅读一些涉及人生意义的书，特别是加缪的书，最喜欢的是加缪的《西西弗斯神话》，喜欢他关于人生徒劳如同西西弗斯推石头上山的比喻，也喜欢加缪看穿一切荒诞之后依然愿意反抗的精神。我喜欢加缪叼着烟微笑的照片——他明明感觉到人生意义是如此的难寻，却还是愿意勇敢面对。

所以，虽然是个不折不扣的社会人了，阅读这件事依然像曾经一样拯救着我。小学时候我被文字的质感打动过，自此心中再也舍不下方块字，一读到书籍就感觉心灵被放置在寂静深林里怡然舒畅。中学时希望以圣贤为高标，立下宏伟的志向，就读了一百多本传记，明白了何谓优秀之品质，让自己在摇摆不定的心绪里不至于堕落。而在如今备尝辛酸，梦想遭遇巨大挑战的时候，我读着加缪、萨特、波伏娃，在存在主义哲学的咖啡馆里徜徉着，又感觉到自己面临的苦闷与迷茫好歹是被从前那些最优秀的头脑和最精密的心灵所思考过的，他们在黑暗狂暴的海洋里树立的灯塔至今依然闪耀着点点光芒。

时至今日，我被人们认知的主要身份是高考状元，是一个整天都在刷题的人。而我想强调的是，尽管刷题的确占用了我过往生命里的大部分时间，但阅读才是我生命里最重要的事，也是到目前为止对我人生影响最大的事。从功利的角度来谈，阅读为我提供了智力背景，使我在各个学科都有颖悟，上手快、钻研深、后劲足；从娱乐的角度来谈，阅读帮我打发了许多本来用在游戏、唱 K、追剧里的时间，让我很少觉得无聊；从生命本身的角度来谈，阅读是我之所以成为我的基础，因为如果一个人只接受父母的培养、学校的教育和社会的影响，他就永远是周围环境的造物，但懂得阅读的人能够自己选择想成为什么样的人，超越环境的限制。所以我在麦家先生的《读书就是回家》封底的推荐语上写道："阅读让我成为考试的优胜者，但我不是为了考试而阅读。对我来说，阅读的意义只有一个：摆脱人类与生俱来的迷茫与褊狭，成就生命的完整与浩大。"

人生的下一步怎么走？我不想在这里给自己描绘个精彩的蓝图出来。虽然作为二十五岁的青年，我足够自立也足够有前途了，但是亟待解决的问题仍然是意义与方向的问题，这些问题不会因为读书而直接得到答案，因为人生的感知是具体的，每个人都得结合自己的理解来做出独特的选择。但缜密的思考和深刻的体悟是必需的，因此在宁谧的夜晚，我读着智者的著作，能感觉到人生迷雾里一点点朦胧的光亮，也就很觉得满足。

曾经刚刚走出衡中，挟状元之威，裘马轻狂，难免轻视了人生的复杂和世界的广阔。而如今见识到世路无穷，劳生有限，却也为自己与世界和解而感到开心。地球不是为自己而转的，但是短暂人生终究让地球因自己而热闹了些许，这难道不是一种美吗？

因此不论最终默默无闻还是名满天下，我都将坦然接受。这个世界有趣的一点就是：总有一些东西是无法比较的。即使你拥有一整片森林，你依然在乎儿时亲手种植浇灌的一棵樱桃树，不是因为你的树比其他树木高大、繁茂，而是因为你用心培育和陪伴过它。我们生命中重要的人从来不是因为多么显贵才重要，而是因为曾与我们共度时光才重要。就算名满天下又如何呢？在我生命里重要的人，以及把我当成生命里重要之人的人，依然是寥寥数位，足够珍惜自己生命里重要的人就足以过好属于自己的人生了。

所以二十五岁，不妨放下负担，轻装再出发。这世界本就美好，希望能因我而改变一些——甚至或许不改变什么，但至少我认知了这个世界，深深地凝视过这个世界，这已经很好。

两年前动笔的时候，我想把这本书写成类似成长指南的书，一一举出学生和家长遇到的问题然后逐个解答，让大家可以按照索引来迅速找到问题，并得到直接的指示。后来我发现，我无法因为结果的成功就倒推出自己全部的选择都是正确的，我的迷茫、焦虑、痛苦才更值得被记录下来。如何过好自己的人生应该由读到本书的人去思考和决定，我提供的应该是一份诚实的自我剖析。

因此这本书的书写过程也很随缘，没有为了赶进度而拼凑什么，而是每当对回忆有所感触，就连忙记录下来，再加以慢慢的整理。从动笔到落成，这本书已经酝酿了将近两年，比出版社原定的截稿时间拖延了一年多，但我觉得写书就是这样一件事情，宁肯慢一些，也要真诚动人。很多之前不愿与别人分享的秘辛，很多特殊时刻的情感波动，也都借由文字而呈现了，所以写出来的东西不仅是给别人读，也是给自己读，让蹒跚走来的人生留下纸墨铅字的痕迹，纵使漫漶，亦不遗忘。

奋进是这本书的明线，和解是这本书的暗线，明暗交织才成就了如今的状态。如果你已经读完了这本书，就对自己的人生来一次全面的省察，思考自己为了什么而奋进，并试探着与世界和解。和解并不会消解我们奋斗的动力，只会让我们的奋进更稳健、更有方向。

（全书完）

陪你走过高中三年

作者 _ 刘嘉森

产品经理 _ 王光裕　　装帧设计 _ 肖雯　　技术编辑 _ 顾逸飞

责任印制 _ 刘淼　　策划人 _ 贺彦军

营销团队 _ 毛婷 孙烨

鸣谢 (排名不分先后)

褚荣莉 于颖 胡利

果麦
www.guomai.cn

以 微 小 的 力 量 推 动 文 明

© 刘嘉森　2023

图书在版编目（CIP）数据

陪你走过高中三年 / 刘嘉森著 . -- 沈阳 ：万卷出版有限责任公司， 2023.8
ISBN 978-7-5470-6304-0

Ⅰ．①陪⋯　Ⅱ．①刘⋯　Ⅲ．①回忆录－中国－当代
Ⅳ．① I251

中国国家版本馆 CIP 数据核字（2023）第 124548 号

出 品 人：王维良
出版发行：北方联合出版传媒（集团）股份有限公司
　　　　　万卷出版有限责任公司
　　　　　（地址：沈阳市和平区十一纬路 29 号　邮编：110003）
印 刷 者：天津丰富彩艺印刷有限公司
经 销 者：全国新华书店
幅面尺寸：145mm×210mm
字　　数：113 千字
印　　张：6.5
出版时间：2023 年 8 月第 1 版
印刷时间：2023 年 8 月第 1 次印刷
责任编辑：范　娇
责任校对：张　莹
装帧设计：肖　雯
ISBN 978-7-5470-6304-0
定　　价：49.80 元
联系电话：024-23284090
传　　真：024-23284448